나에게 더 좋은 사람이 되고 싶어서

일러두기

본문 p.85에 인용한 〈세상에서 가장 느린 것들〉은 저작권을 확인하였으나 작자 미상으로 사용 허락을 받지 않았습니다. 추후 저작권자가 확인될 경우 사용 허락을 받겠습니다.

26년 차 라디오 작가의 혼자여서 괜찮은 시간

나에게 더 좋은 사람이 되고 싶어서

장주연 지음

포르체

프롤로그

구김살을 다리며

어릴 때 나는 케이크에 불을 붙이고 생일 파티를 해 본 적이 없었다. 엄마가 미역국을 끓여주시면 그게 생일이었다. 한여름에 태어나 내 생일은 항상 여름방학이었다. 학교에서 친구들이 생일 파티를 하겠다고 서로를 집으로 초대하면 그게 그렇게 부러웠다. 모두에게 둘러싸여 커다란 케이크의 불을 끄는 그 친구는 정말 사랑받기 위해 태어난 것 같았다. 한편 어린 마음이지만 내 생일이 늘 방학 중인 게 다행이라고도 생각했다. 먹고살기 바쁜 부모님께 생일상을 차려달라고 떼를 쓸 수도 없는데, 여름방학 중이라 아무도 모르게 조용히 지나갈 수 있었으니까.

어른이 되고 나니 생일이면 의무적으로 모여서 밥이라도 먹어야 한다고 챙기는 게 귀찮기만 했다. 일상이 바쁜데 해마다 돌아오는 생일이 뭐가 그리 특별하냐며 집에 오라는 부모님께 짜증을 내기도 했다. 생일이 별로 기쁘지 않았다. 사는 게 대단히 행복하지 않았다. 살면서 '나는 왜 태어났을까?' 하고 내 존재 의미를 되묻는 날들도 많았다. 그러던 어느 날 한 예능 프로그램에서 어느 출연자가 "태어난 김에 산다."라고 말하는 것을 듣는데, 웃폈다. 그래도 생일은 열심히들 잘도 챙긴다고 생각했다.

살면서 내가 가장 빼고 싶은 살은 '구김살'이다. '구김살'이라는 단어만 봐도 다림질을 해서라도 쭉 펴주고 싶다. 화가 나서 한 번 움켜쥐고 난 종잇장은 다시 원상복구가 될 수 없듯이 꼬깃꼬깃해진 마음도 아무 일 없었다는듯 원상 복구 되기는 어려웠다.

"구김살 없이 잘 컸네."라고 주변에서 칭찬을 받는 사람을 보면 부러웠다. 내가 봐도 그늘 한 점 보이지 않고 밝고 환한 모습으로 빛나는 사람이 있다. 사랑받고 성장한 건강한 에너지와 여유가 있어 보였다. 내 성장과정이 불행했던 것도 부모의 사랑을 못 받고 자란 것도 아닌데, 가난한 집 장녀는 너무 빨리 어른이 되어야 했고 그것이 온통 혼자만의 서러움이 돼 버렸다. 남들처럼 평범한 삶을 꿈꾸고 선택한 인생도 번번이 내 것이 아니었다. 비교적 나에게 주어진 삶을 쿨하게 받아들이면서 살았지만, 때로는 "내 인생은 대체 왜 이런 거야?" 하는 분노와 서러움이 폭발하기도 했다. 하지만 내 장르는 신파가 아니다. 구김살을 펴고, 가슴을 펴고, 허리를 펴고 살고 싶었다.

나이가 드니 삶이 서글프기만 한 것도 아니었다. 자연스럽게 찾아드는 좋은 변화도 많아졌다. 내면이 성숙해지고, 조급함도 사라지고, 욕심을 내려놓을 줄도 알게 되고, 순리대로 받아들일 줄도 알게 되었다. 그리고 지금에서야 새삼 알게 된 것. 내 속엔 나도 잘 몰랐던 내가 너무 많았다. 나와의 불화는 모두 내 안에 내가 너무 많았기 때문이었다.

중년인 지금에서야 나는 나와 사이좋게 살아간다. 더 이상 착한 딸, 좋은 여자로 사는 일에 집착하지 않고, '나부터 행복하자.' 하고, 세상은 내 중심으로 돈다고 믿는, 열 살 때 만났어야 할 철부지 같은 나와 살아가고 있다. 그래서 내 생각과 말을 자유롭게 표현하고, 하고 싶은 일이 있으면 더는 미루지 않고, 고무줄 뛰던 때의 마음을 가진 활발하고 귀여운 마음을 가진 나와 살아간다. 점차 내 모습이 맘에 들기 시작했다. 이제야 생일날 케이크에 불을 붙이고 소원을 빌어본다. 작년 생일에는 아주 뜻밖의 친구가 케이크에 불을 붙이고 노래를 부르며 축하해줬는데 어린아이처럼 기쁘고 가슴이 쿵쿵거렸다. 내가 정말 사랑받는 사람인 것 같은 기쁜 마음이 들었다.

언제부턴가 새롭게 느끼는 감정이다. 내가 참 사랑받고 있다는 것. 나는 늘 주기만 하는 사람일 때가 많았다. 만딸 기질이 강하고, 일찍부터 일을 시작해서 늘 챙겨야 할 후배들이 많았다. 무엇이든 주는 일에 익숙하고, 줄 수 있다면 주는 게 큰 즐거움이었다. 사랑도 그랬다. 바보라서 더 많이 주는 게 아니라, 주는 게 더 행복해서 내 방식대로 살았다. 늘 후회와 미련이 남지 않을 만큼 다 주고 결국은 소진됐다. 그런데 지금은 어디서나 따뜻하게 사랑받고 행복이 차오름을 느낄 때가 많다. 삶이 아름다워 보이기 시작하고, 저절로 구김살이 펴졌다.

4년 전을 기점으로 예전 같으면 하지 않았을 일들을 많이 시작했다. 마흔 중반이 넘어서야 자연스럽게 내 인생을 리셋해보았다. 살면서 제대로 된 재충전의 시기 한 번을 갖지 못하고 살았는데, 그때는 가보지 않은 길을 거침없이 가보고, 돈 들이며 세상 한가한 짓도 해보고, 아무 계산 없이 불필요한 만남도 가져보고, 다양한 경험과 학습의 시간을 가져보기도 했다. 그리고 그때의 결과물로 배우게 됐다. 내가 의미를 두면 모든 일에 의미가 있다는 것을. 세상에 쓸데없는 일이란 없다는 것을.

그것이 이 책을 통해 입증된 셈이기도 하다. 인생의 쓰디쓴 맛도 특별함으로 즐길 줄 알게 된 나는 중년이 돼서야 구김살 없는 모습으로 읽힐 줄도 알게 됐다. 내가 그토록 부러워하던 밝고 환한 모습으로 빛나고 있었다. 혼자 재밌게 잘 놀고, 멋진 커리어우먼으로 살아가는 모습을 높게 사준 포르체의 박영미 대표. 그녀는 나에게 쓰고 싶은 에세이를 써보라며 손을 내밀어주었다. 성장률, 코스피지수, 집값 등 온갖 숫자들로 피로해진 마음을 누일 수 있는 감수성이 절실했다. 세상이 각박해지고 사는 게 고달파질수록 아날로그적인 감성을 회복시키고 싶었다. 가난하지만 마음은 더 풍요롭게, 자기만의 삶의 방식과 가치관과 균형감을 갖고 살아갈 수 있었던 시절. 인생에서의 그 시절을 되살려 보고 싶었다. 삶의 방향과 일의 소중함, 더 해내고 싶은 일들에 대해 한 번쯤 생각해볼 수 있는 귀한 시간이 됐다. 역사를 통해 오늘을 사는 지혜를 구하듯, 개인의 역사를 되돌아보는 것도 미래를 살아가기 위해 중요한 시간이다.

이 작업을 통해 나는 진심으로 사는 일이 즐거워졌고, 앞으로 살아갈 날들이 기대된다. 첫사랑보다 마지막 사랑이 중요하다. 초년 운보다 말년 운이 더 중요하다. 반짝 성공보다 지속적인 성장이 의미 있다. 그래서 미래는 더 살아볼 만하다. 세상에 내 편이 많아진 것 같고, 이제 내 진심이 잘 통할 것 같다. 진심 내 편! 나는 나를 더 사랑하게 됐다.

사랑하는 일, 사랑받는 일 이제 다 잘하고 싶다. 누군가에게 이 책이 구김살을 펴주는 작은 실마리가 된다면 더없이 감사한 일일 것이다.

2021. 3. 장주연

차례

Part 2.
혼자여서 괜찮은 시간

Part 3.
내 마음을 위로하는 것들

Part 4.
혼자 사는 게 어때서

Part 5.

내가 나를 안아준다

Part 1.

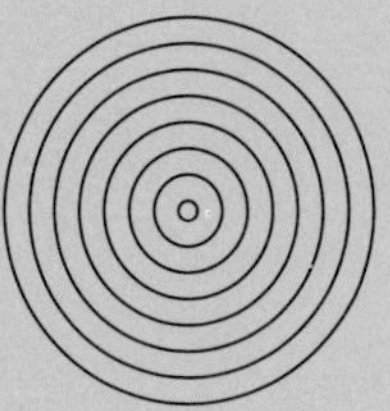

온 에어, 하루 라이프

'ON AIR', 루틴의 힘

'ON AIR' 10분 전.

오프닝을 쓰고 있다. 그런데 글이 안 써진다. 어라…. 쓰던 글이 날아갔다. 이게 어떻게 된 일이지? 방송 시간은 초조하게 다가온다. 원고 출력도 해야 하는데 어떡하지? 스튜디오로 이동해야 하는데…. 원고 출력도 안 된다. 프린터까지 애먹인다. 피가 바싹 마른다.

생방송 중 연사 전화 연결. 그런데 전화번호를 어디에 적어놨더라? 큐시트에 적힌 번호가 틀리다. 전화번호가 뭐더라? 아마 이거겠지? 전화를 걸어보는데 계속 통화 중이다. 연결 3분 전인데 안 받는다. 아무리 걸어도 전화가 안 걸린다. 마음이 급해서 자꾸 번호를 잘못 누르기까지 한다. 역시 안 받는다. 연결 2분 전, 1분 전, 여보세요? 피가 바싹 마른다.

일 년에 서너 번씩 찾아오는 악몽. "다행히 꿈이다." 진땀을 빼고 일어나 출근 준비를 서두른다. 전날 망친 방송 때문인지 간밤에 꿈자리가 뒤숭숭했다. 생방송을 오래 한 작가나 피디, 진행자들은 저마다 이런 악몽을 꾼다. 매일 똑같은 시간에 무조건 그 자리를 지키고, 맡은 역할을 제대로 해내야 한다는 부담감에서 자유로울 수가 없다.

그러다 보니 아침 방송을 하는 사람들은 대체로 철저한 자기 관리와 시간 관리에 익숙하다. 그런데 일 년 전 잊을 수 없는 큰 실수를 했다. 벨소리에 비몽사몽 눈을 떠보니 8시 40분. 생방송은 8시 30분인데 있을 수도 없는 일이 생겼다. 알람 소리가 한 번만 울려도 잘 깨던 나라서 늘 휴대폰 알람이면 충분했다. 그런데 어떻게 된 일인지 휴대폰 알람 시간이 다 클릭되어 있고 "삭제하시겠습니까?"라는 메시지가 떠있었다. 매일 밤 철저하게 알람을 음량까지 다 확인하고, 긴장 속에 사는데, 생각지 않게 사고가 터졌다. 원고를 늘 완성해서 웹메일에 올려놓지만, 담당피디도 설마 작가가 안 나타날까 하고 있다가 원고를 꺼내지 못하고 방송 'ON AIR'에 불이 켜진 모양이다. 그 다음은 상상에 맡긴다.

방송 작가 경력 26년, 생방송만 20년. 그중에 지금처럼 아침 8시대 생방송을 하고 있는 게 7년. 아침 생방송의 긴장감은 늘 잠들기 전부터 시작된다. 늦잠을 자도 안 되고, 아파도 안 되고, 출근길에 교통사고가 나도 안 된다. 생방송 시작 10분 전에는 무조건 스튜디오에 도착해 모든 방송 준비를 끝내야 한다. 작가가 안 왔어도, 원고가 없어도, 설사 마이크를 잡아야 할 진행자가 안 왔어도 방송은 정시에 ON AIR.

생방송은 늘 긴장의 연속이다. 반복적으로 돌아가는 것 같아도 언제 어떤 변수가 등장할지 알 수 없는, 말 그대로 인생의 축소판이다. 매일 똑같이 사는 것 같아도 언제 어떤 일이 생길지 알 수 없다. 기회는 단 한 번뿐이며, 사는 게 마음에 들지 않는다고 해서 다시 살거나 마음에 들게 편집할 수 없듯 주어진 상황에서 최선을 다하는 것밖에 달리 방법이 없다.

그만큼 현장에서 각자의 역할은 치열하게 돌아간다. 모든 청취자들을 만족시킬 수는 없어 아쉬움이 남지만, 오늘 방송이 끝나면 뒤돌아볼 틈 없이 내일 방송을 위해 다시 준비를 시작해야 한다. 아이템 하나를 결정하고 섭외를 하는 데 생각보다 많은 시간이 걸린다. 매일 쏟아지는 뉴스 속에서 우리 프로그램이 다룰 만한 것이 무엇인지, 어떤 포커스로 들여다볼 필요가 있는지 고민에 고민을 거듭하다 보면 하루가 다 간다.

겨우 몇 가지 아이템을 결정하고 나면 필요한 이야

기를 들려줄 사람들을 수소문해서 연락처를 확보하고 섭외해야 한다. 이 과정이 가장 큰 일이다. 일이 잘 풀리지 않는 날은 연락처를 확보하고 통화를 하고 답을 기다리다 보면 몇 시간이 훌쩍 지나가고, 기껏 고민하고 공들인 시간이 무색하게 거절당하는 일도 얼마든지 벌어진다. 아무리 좋은 아이템이 있어도 그걸 답해줄 수 있는 전문가가 없거나, 좋은 전문가가 있다 한들 방송 인터뷰를 안 하면 소용이 없다.

어느 날은 10명, 20명에게 거절당하고 더 이상 시작할 힘도 없이 무너질 때도 있다. 그럴 때 밀려드는 지겨움과 일의 압박감. 때론 다 내려놓고 숨어버리고 싶을 때도 있다. 하지만 ON AIR. 방송도 인생도 멈출 수 없는 운명이다. 피할 수 없다면 즐기라고, 최상이 아니면 최선을 다해 다가올 매일매일을 준비하는 것밖에 방법이 없다. 그래서 라디오를 하는 사람들에게 중요한 것은 대단한 재능도 스펙도 아니고 꾸준함과 성실함이다. 나도 믿기지 않을 정도로 이 일을 오래 하고 있는 것이 그 증거다. 이 일을 가장 잘하는 사람은 아니지만, 꾸준히 그 자리를 지켜올 수 있었던 것. "루틴의 힘이란 이런 것이다."를 가장 잘 보여줄 수 있는 게 라디오 생방송이다.

매일 방송을 하는 사람들이라면 누구나 한결같고

성실해야 한다. 시간이 더 있었다면 잘했을 거라는 변명은 통하지 않는다. 생방송을 하면서 마주하는 최악의 순간은 역시 방송 펑크다. 정해진 시간에 정해진 연사가 오지 않으면 그 시간을 갑자기 채울 방법이 없다. "잠깐만요! 약속한 연사가 오지 않았는데 도착하면 인터뷰할게요. 잠깐 기다려주세요."라고 방송에서 말할 수 없다. 그런데 이런 상황들은 아주 드물지만 종종 발생한다.

몇 년 전쯤 내가 하던 프로그램에서 고정 코너를 맡았던 한 기자는, 어느 날부터 방송을 두 번이나 펑크내기 시작했다. 문제는 그 후 이 사람이 보인 태도였다. "그럴 수도 있는 것 아니냐. 나도 내 사정이 있는 것 아니냐." 하고 적반하장이었다. 그는 얼마 후 이런 실수를 또 반복했다.

물론 천재지변 같은 일이 생길 수 있다. 이런저런 사정을 들으면 이해가 가기도 한다. 그런데 문제는 역시 태도다. 자기 실수를 인정하지도 않고 핑계와 변명으로 일관하는 것이다. 실수가 반복되면 더 이상 그것은 실수가 아니다. 아무리 재능이 훌륭하고 스펙과 커리어가 뛰어나도 방송 현장에서 불성실한 태도만큼 최악은 없다. 오랫동안 생방송을 함께하고 있는 사람들은 그만큼 돈독한 신뢰를 바탕으로 한다. 절대 약속을 펑크낼 사람이 아니라는 것, 이런저런 핑계나 변명을 늘

어놓지 않을 사람이라는 것, 꾸준하고 성실하게 자기 몫을 해낼 사람이라는 것, 나름 철저하고 치열하게 살고 있는 사람이라는 것.

비단 방송 현장뿐이겠는가. 살면서 우리가 가장 가까이 두고 함께하고 싶은 사람은 혼자 잘난 사람이 아니다. 아무리 재능이 훌륭하고 스펙과 커리어가 뛰어나도 불성실한 태도만큼 최악은 없다. 방송은 하차하면 그만이지만, 인생은 낙오된다. 그러니 책임감을 갖고 성실하게 자기 일을 해내는 것은 물론이고, 늘 치열하게 자기 관리를 해나가야 한다.

방송의 그런 치열함은 견디기에 무척 힘들면서도 중독성이 강하다. 오랫동안 그 현장에서 살았던 나는 생방송이 체질이다. 컨디션이 바닥을 치는 날에도 매일 매일 방송을 준비하고 원고를 마감하는 이 루틴을 이어가다가, 시그널 음악이 흐르고 ON AIR 불이 들어오는 순간이 되면 내가 가장 살아있음을 느낀다. 게시판 각종 댓글 창으로 이 시간 전국에서 많은 청취자들이 방송을 듣고 있다는 걸 실감할 때의 쾌감과 방송이 끝날 때까지 내려놓을 수 없는 쫄깃한 긴장감을 오랫동안 즐기고 있다.

힘든 날도, 우울한 날도 인생은 늘 'ON AIR'. 매일 새로운 방송을 시작해야 하듯 살아있는 한 매일 새로운 하루를 채워나가야 한다. 어떤 일이든 잘하는 날도 있고 못하는 날도 있다. 운수 좋은 날이 있고 일진 사나운 날도 있다. 내가 잘할 때도 있고 남의 덕을 볼 때도 있다. 어떠한 경우든 대세에 큰 지장은 없었다. 그러니 너무 좋을 것도 나쁠 것도 없다. 오늘 망친 방송에게는 내일이 있다. 꾸준함과 성실함이라는 지치지 않는 근육이 힘껏 받쳐주기만 한다면.

비경제적인 경제 전문 작가

경제 프로그램 작가로 오래 일한 덕분에, 사람들은 내가 커피 대신 주식을 사고, 그 주식으로 배당금을 받아서 커피를 마시는 경제 전문 작가일 거라는 오해를 한다.

집에서 일하다가 스타벅스 더블샷 커피를 사러 나간다. 코로나 19 이후 집콕 생활이 길어지면서 생긴 하나의 습관이다. 날이 아무리 추워도 굳이 나가서 커피를 사 오는 내 모습을 보다 문득 스타벅스의 주가가 궁금해졌다. 쭉쭉 오르고 있었다. 스타벅스 주주들은 분기별로 커피 몇 잔 사 먹을 정도의 배당금을 받을 텐데, 주식 한 주도 없으면서 매번 스타벅스 커피만 사 오는 나는 주주들 배만 불려주는 게 아닌가. '역시 난 비경제적인 경제 전문 작가야.'라는 생각이 들었다.

주식도, 부동산도 해보지 않은 것은 아니지만 한 번 시도해보니 나는 그런 방식으로 돈과 인연을 맺을 수 없다는 걸 깨달았다. 높은 투자 수익을 기대하며, 불확실한 가능성만 바라보며 돈의 노예처럼 살고 싶지 않았다. 약간의 손실에 금세 불행해질지도 모르는 위험 부담을 떠안고 싶지도 않았다. 이런저런 경험과 실패 속에서 깨닫게 된 건 아주 평범한 삶의 진리였다. '사람 욕심은 한도 끝도 없어서 만족할 줄 모르면 없는 것과 마찬가지다.' 그날로 나는 돈을 따라가지 않기로 했다. 나를 만족하게 하는 것을 찾아 따라가자고 다짐했다.

"많이 벌고 많이 쓰면서 행복할래요."

실제로 많이 벌고 많이 쓰면서 혼자 살아가는 내 주변인의 말이다. 이것은 내가 원하는 삶의 방식이기도 하다. 어쩌면 나는 이렇게 수정해야겠지만. "열심히 벌고 있는 대로 쓰면서 행복할래요." 얼핏 들으면 참 경제 관념 없는 소리다. 명색이 경제 전문 작가가 돈을 불릴 생각은 안하고, 많이 쓰겠다니 철없어 보이기도 할 것이다. 그러나 내가 추구하는 라이프 스타일은 현재를 즐기고 나누는 삶이지 무조건 아껴서 미래에 금전적으로 더 부유해지는 삶은 아니다. 단순히 돈을 많이 벌고 많이 쓰는 데 그치는 것이 아니라, 내가 가진 소소한 즐거움과 재능을 주변에 나누면서 가치 있고 행복하게 살아가고 싶다.

비경제적인 선택을 할 때마다 내가 고려하는 기준은 '행복'이다. 나에게 행복을 주고, 내 가슴을 설레게 하는 것. 행복 소비는 결국 더 좋은 일과 돈도 따라오게 한다. 아까워 보이는 커피값이 한편으로는 내 즐거움과 동기 부여를 위한 투자인 것이다. 나는 내 투자에 힘입어 계속 행복하려 노력할 것이고, 그 행복은 결국 내게서 더 좋은 수익을 거둘 것이다. 지금까지 늘 그래왔으니까. 이것이 비경제적인 경제 전문 작가가 사는 성공의 방식이다.

나만의 가치 투자

커피값의 논리로 나의 행복을 위해 비경제적인 선택을 하게 되는 순간이 또 있다. 그 중 하나는 꽃이다. 나는 나를 위해 꽃을 산다.

얼마 전까지도 나는 언제든 기쁜 마음으로 꽃을 선물 받을 준비를 하고 있었다. 만나던 사람들이 내게 "생일 선물로 받고 싶은 선물이 뭐야?"라고 물으면, 나는 으레 "마음이 담긴 손편지" 또는 "꽃"이라고 천진하게 말했다. 정말 바라는 게 그뿐. 그냥 로맨틱한 감동만 느껴보고 싶었다. 하지만 그런 고전주의풍 남자는 내 복이 아닌지 실제로 꽃을 선물 받아본 기억은 거의 없다. 하도 꽃타령을 해서 엎드려 절 받기 식으로 한 번 받아본 것과 내가 꽃을 좋아한다는 걸 아는 후배들이 최근에 종종 사다 준 것이 전부다.

상대가 내게 무언가를 해주길 기대하면 실망하게 된다. 나 역시 기대했던 상대에게 서운해졌던 순간이 자주 있다. 그런데 어느 날 그런 생각이 들었다. 왜 꽃은 누가 사줘야만 받는 것이라고 생각하고 살았을까? 커피 한잔 마시거나 책을 살 때처럼 내가 직접 사도 되는데. 꽃 한 송이든 한 다발이든 누군가 해주길 바랄 게 아니라 내 능력껏 즐기고 살면 되지! 그 생각이 든 순간부터 나는 나에게 꽃을 선물하기 시작했다.

요즘에는 매달 꽃을 배달받을 수 있는 구독형 서비스도 활성화되어 있고, 코로나 19 이후로 저렴하게 꽃을 살 수 있는 곳들도 많아졌다. 나는 홍대입구역 부근 길거리 꽃집에서 자주 꽃을 산다. 10송이 한 다발이 겨우 5천 원 안팎. 예쁜 꽃에게 미안할 정도로 저렴하다. 나는 꽃을 신문지에 말아서 들고 간다. 화려한 포장지에 싸지 않아도 꽃을 사고 즐기는 일 자체를 일상처럼 여길 수 있도록.

나를 위해 꽃을 사는 일은 내가 나를 더 소중하게 여길 수 있도록 도와준다. 꽃을 사러 가는 길에 만나는 햇볕, 가벼운 산책, 꽃을 고르는 설렘. 이 작은 일상 속이벤트가 기대 이상으로 큰 행복을 주기에 나에게는 가치 있는 소비 활동이다. 꽃 선물을 받기만 기다리던 때보다 내가 나에게 셀프 꽃 선물을 하는 지금이 훨씬 행복하다.

네일숍에 가는 것도 내가 나를 더 아껴주기 위한 일이다. 중년에 접어드니 아무리 동안 소리를 들어도 목과 손부터 노화가 빨라지는 것이 느껴졌다. 키보드를 두드리고, 펜을 굴리고, 향기로운 것을 만지는 내 모습이 멋지다고 생각하다가도 손을 펴보면 고단함과 초라함이 느껴지기 시작해 내놓기가 부끄러웠다. 손과 발은 당연히 수고하는 곳이라는 생각에 마치 소모품처럼 거칠게 다루거나 관리 영역에서 제쳐놓고 산 것도 사실이다. 그런데 네일 케어를 받고 나니 패션이 완성되고, 손을 사용하는 제스처 등이 적극적으로 바뀌었다. 내가 스스로 깎아내렸던 자존감이 새롭게 채워지는 기분이 들었다. 마흔 중반을 넘는 나이쯤 되니 '나도 이 정도는 꾸미고 즐기면서 살아도 되지 않을까?' 싶어졌다. 점점 탄력이 떨어지고 거칠어지는 내 몸의 세밀한 부분까지 가꾸면서 내가 나를 더 사랑해주고 대우해줘야겠다고 다짐했다. 나는 끝까지 혼자 힘으로 건강하고 아름답게 살아가야 할 테니까. 봄, 여름이 지나고 꽃도 잎도 떨어지는 가을 화원을 가꾸듯이 내 몸을 가꾸고 싶다. 2

시간 가까이 지저분한 손발을 섬세하게 관리받고 나면 그 돈이 아깝다는 생각이 전혀 들지 않는다. 날 위해 돈을 쓴 만큼의 충분한 가치를 얻곤 한다.

좋아하는 영화를 보고, 전시회에 가서 행복을 느낄 수 있는 정도로만 살 수 있다면 그 이상은 욕심 없다. 혼자 살아가면서 나이가 들어도 이 정도만 우아하게 살아갈 수 있다면 참 좋겠다. 나에게 소소한 즐거움을 주고 삶을 풍요롭게 하는 것이야말로 가치 있는 투자다. 다른 사람들의 기준으로는 평가할 수 없다. 오직 나의 기준으로, 내 마음에 채워지는 행복으로만 평가할 수 있다.

내가 나를 책임져야 하니까

'어떻게 하면 평생 내가 좋아하고 즐기는 일을 하면서 행복할까?'를 가장 고민하는 시기가 됐다. 이런저런 딴짓을 하면서 관심을 두는 일이 분산되더라도 나는 평생 글을 쓰면서 '작가'로 살고 싶고, 다행히 이 직업은 나이 든다고 퇴직해야 하는 일은 아니다. 나에게는 일이 최고의 노후 대책이다.

평생 좋아하는 일을 하고 있으니 나는 참 행복한 사람이다. 가끔 내 삶에서 결핍되었다고 느껴지는 부분까지 채우고도 남는 것이 나에게는 '일'인 것 같다. 그런데 세상에서 제일 좋아하는 일을 즐기면서 한다고 해도 돈을 버는 일은 역시 제일 어렵다. 내가 열심히 한다고 해서 100%로 기회가 주어지는 것도 아니고, 일을 한다고 해서 큰 돈을 버는 직업도 아니다. 방송 작가는 많은 사람들이 선망하는 직업이지만, 부침이 많은 일이다. 오랜 세월 동안 버티면서 커리어를 키워내기 힘들고, 프리랜서라는 취약성에 삶이 뿌리째 흔들릴 때도 있다.

나는 지금까지 해왔듯 앞으로도 꾸준히 해나가고 싶지만, 언제 어떤 외부의 요건으로 위기가 올지 알 수 없다. 어느 직업도 미래를 보장해주지 않기 때문에 누구나 하는 고민을 나 역시 하고 살아가는데, 혼자 살고 있다 보니 경제력을 키우는 일이 더 큰 숙제처럼 느껴진다.

현재 내 삶에 가장 큰 절망감을 주는 것은 주거 문제다. '내 능력으로 엄청난 주거 문제를 해결할 수 있을까?' 하고 생각하면 암담해진다. 지금까지 일하면서 많이 벌었는데도 모두 빚 청산에 쏟아부었다. 밑 빠진 독에 물 붓기 같았다. 쉬어본 적도 없이 살았는데 안정된 중년이 아닌, 한없이 취약한 중년이 되어있다니.

혼자 사는 중년 프리랜서에게 나라에서 주는 혜택이란 단 하나도 없다. 재산이 없는데 소득 하나만으로 모든 혜택에서 제외시키고, 세금은 엄청 떼가고, 정작 프리랜서라는 직업이 불안하다고 은행 대출이며 정책자금에서는 다 소외시킨다. 청년도, 신혼부부도 아니고, 노인도 아닌 무엇 하나도 혜택 볼 게 없는 정책 공백의 대상. 혼자라서 행복하지만, 이런 식의 철저한 정책 배제 대상인 것에 대한 박탈감과 소외감을 느낄 때면 잠시 쓸쓸해진다.

나는 고독을 즐기지만 고독사하고 싶지는 않은데, 어느 날 삶의 위기가 찾아온다면 나와 같은 사람은 고독사로 신문에 날 수밖에 없는 사회의 구조를 몸소 경험하며 살아간다. 가끔 나의 부고가 담긴 신문 기사를 상상해본다. 가난한 작가의 죽음. 아무도 눈치채지 못했던 생활고와 사회의 무관심에 대한 기사 속 주인공인 나. 실제 일어나는 그런 죽음을 볼 때면 남의 일 같지가 않다. 그래서 어떻게든 이 자존심 상하게 취약한 구조를 뛰어넘기 위해 경제력을 키울 수밖에 없다. 아낄 수 있는 것은 아끼고, 티끌 모아 티끌 같은 재테크로 근근이 먹고 살아가면서….

하지만 이런 미래의 일들을 걱정하느라 현재의 내 감정과 에너지를 소비하지 않기로 했다. 당장 부모님이 내게 손을 내미는 것도 아니고, 책임질 자식이 있는 것도 아닌데, 열심히 하다 보면 누구보다 빠르게 또 기반을 만들 수 있겠지. 아직은 자신감이 넘칠 때니까.

누군가는 혼자 살아가는 삶 자체가 비경제적이고 비효율적이라며 굴비 엮듯 누군가와 엮어보려 한다. 마음이 나약해질 때면 나도 그게 맞나 싶어진다. 그런데 누군가의 경제력에 기대어 사는 것은 지금껏 그랬듯 내 복에 없는 일 같다. 나의 노동으로 평생 먹고 살아야 한다는 점쟁이들의 말대로, 나 스스로에게 그만한 경제적 능력이 있을 것이라고 믿고 산다. 내 능력으로 잘 살 수 있다면 사실 누구도 부럽지 않다. 누군가와 사랑을 하든 안 하든, 그것과 관계 없이 내 능력으로 살아가는 게 가장 큰 꿈이다. 나는 멋지게 자기 일을 하면서 오롯이 자기 힘으로 살아가는 여성들이 가장 아름다워 보인다.

많은 경제적 선택이 그러하듯, 어느 길을 선택해서 살든 아쉬움이 남을 수밖에 없다. 하지만 그것을 선택할 수 있는 개인의 자유 의지는 남은 아쉬움 이상으로 큰 행복을 준다. 삶의 비극은 가까이 있는 행복조차 발견하지 못하는 데서 벌어진다. 그런 점에서 남들 눈에는 실속 없고 손해 보는 일들 같아도 나는 정작 행복할 때가 많다.

앞으로 내가 경제적으로 꿈꾸는 삶은 사랑하는 사람들에게 부끄럽거나 짐이 되는 일이 없을 정도로만 내 앞가림을 잘하고 사는 것이다. 좀 더 욕심을 내면 가족들과 지인들에게 내 지갑을 열면서 살 수 있는 삶이면 좋겠다. 다 주고 싶다. 부디 줄 수 있는 삶이면 좋겠다. 어차피 누구에게 남겨줄 일도 없는 혼자인 삶이니까. 그래서 그런 욕심까지 좀 더 현실화시키기 위해 나는 매일매일 절박하고 절실하게 애쓰며 살아간다. 노력만큼 이룰 수 있을 것이라는 믿음으로.

심지어 기대 반 재미 반으로 이런 노력도 한다. 매주 2장, 2천 원어치 연금 복권을 사는 것이다. 당첨만 되면 매달 나오는 연금이 내 안정적인 생활을 보장해 주기에 로또보다 욕심난다. 2천 원어치만 사는 것은 사 놓고 행복한 상상을 해보는 것에 대한 적정선의 투자다. 평생 당첨이 되지 않을 수도 있겠지만, 그걸로 행복했으니 충분하다.

"늙어서 잘살겠다고 오늘 먹고 싶은 라떼를 참지 않겠다. 여행도 하고 선물도 하며 나의 소중한 돈과 시간을 가치 있게 쓰고 싶다."

《2018 대한민국 트렌드》에서 읽었던 이 문구가 결국 모든 것을 아울러 내가 추구하는 삶이다. 길고 긴 이야기를 한두 문장으로 요약하면 결국 이 얘기다. 비경제적인 경제 전문 작가가 살아가는 법이다.

스스로 길을 내며 사는 법

"어떻게 하면 방송 작가가 될 수 있어요?"

26년 전엔 많이 물었고, 일을 해오는 동안에는 많이 받아왔던 질문이다. 방송국에서 하는 일들은 어떤 직종이든 인기가 많다. 내가 일을 시작했던 26년 전이나 지금이나 방송국에서 일하는 직종들은 늘 긴 줄을 서서 치열한 경쟁을 해야 한다. 그런데 다른 직종에 비해 방송 작가는 어디에 줄을 서서 경쟁해야 하는지조차 잘 드러나지 않는다. 그래서 어떻게 방송 작가가 될 수 있느냐고 물으면 알려줄 방법이 별로 없다. 거의 대부분 인맥이나 어떤 교육기관을 통해 일을 시작하고, TO가 생기면 밖으로 채용 공고 한 번 나오지 않고 내부에서 알음알음으로 추천을 받아 채용되는 식이라서, 방송 작가가 되는 길은 밖에서는 거의 보이지 않았다.

그러다 보니 방법은 오직 스스로 길을 뚫는 것이었

다. 나는 사회 진출을 앞두고 당시 인기 프로그램 몇 개를 모니터링하고, 원고도 써서 포트폴리오를 만들었다. 그리고 그렇게 만든 포트폴리오를 직접 들고 매일 여의도로 출근하기 시작했다. 당시엔 나 같은 방법으로 노크하는 사람들이 꽤 있었던 건지, 우편으로 포트폴리오를 보낼 경우 피디들이 읽지도 않고 쓰레기통에 버린다는 소문을 들었다. 그래서 나는 내 포트폴리오를 직접 들고 여의도로(KBS와 MBC에) 출근했다. 다만, 내가 들어갈 수 있는 곳은 로비까지. 그곳에서 만나고 싶은 프로그램의 피디들에게 전화를 걸어 당차게 말했다.

"피디님, 뵈러 왔는데요. 라디오 작가가 되고 싶어서요. 제가 쓴 원고 한 번만 봐주세요. 한 번만 만나주세요."

지금 생각하면 어떻게 그렇게까지 노력을 했는지 모르겠다. 하고자 하는 열망은 너무 큰데, 길은 전혀 보이지 않았고, 그때 나에겐 그게 내가 할 수 있는 최선이었다. 부끄러움도 없이 노력하는 내가 기특하게 여겨졌다. 내 나이 스물둘. 꿈을 이루기 위해 뭐든 노력할 수 있는 열정과 패기가 있었다. 쉼 없이 아르바이트를 하면서 다져진 절박함과 단단함도 있었다. 물론 번번이 퇴짜 맞고 서러운 마음으로 대방역을 향해 걸으며 어느 날은 서러워서 울기도 하고 이대로 안 되면 어떻게 살아야 하나 막막해하기도 했다.

그러던 어느 날, 원고를 놓고 가라던 유명 프로그램의 라디오 피디에게서 처음으로 만나자고 연락이 왔다. 난 뛸 듯이 기뻤다. 드디어 길이 열린다고 생각했다. 그런데 그 피디를 두 번 만나고 한 번은 다른 일행과 밥까지 먹게 됐는데 일과는 전혀 상관없는 대화만 오갔다. 며칠 후 또 전화가 왔는데, 이번에는 주말에 영화를 보자고 하는 것이다. 내가 어리고 순진하긴 했지만, 이상한 느낌이 들어서 "주말은 가족들이랑 보내세요." 하고 거절했다. 그랬더니 돌아온 답은, "너처럼 답답한 애랑 방송 못 하겠다. 이쪽에 발 들일 생각도 하지마."였다.

나는 그날부로 대형 방송사에 들어가길 포기했다. 아무리 꿈이 중요해도 썩은 동아줄을 잡을 수는 없었다. 밖에서 듣던 안 좋은 소문들이 다 헛소문은 아닐 테니까 상황 판단을 잘해야 한다는 생각이 들었다. 그 사람은 애당초 내 꿈에 관심조차 없던 불량한 사람임을 내가 지금 방송국에서 확실히 확인할 수 있어서 얼마나 다행인지 몰랐다.

어쨌든 그날 이후 더 이상 이력서를 들고 여의도로 향하지 않았다. 그동안 노력할 만큼 했다고 생각하니 미련이 없었다. 얼마 후 나는 내 종교에 맞춰서 종교방송 라디오 작가로 일을 시작했다. 그곳에서 라디오와 TV를 오가면서 일의 경험을 다양하게 많이 쌓았고, 이십 대에 빠르게 메인 작가에 입봉했다. 그렇게 작은 곳에서나마 경력을 쌓으니 KBS 라디오 등 다양한 길이 열리기 시작했다.

그때도 나는 일 욕심이 많아서 내 무대가 좁게 느껴졌다. 남는 시간에 좀 더 할 수 있는 일이 없는지 늘 레이더망을 가동하고 있었다. 그러다 발견한 것이 여성지 자유 기고가였다. 글을 쓰면서 할 수 있는 다른 일! 나는 곧장 모 잡지사에 전화를 걸어서 어떻게 하면 자유 기고가로 일할 수 있냐고 물었다. 전화를 받았던 기자께서 한 번 놀러오라고 인사치레처럼 건넨 말에 다음 날 바로 그 기자를 만나러 갔고, 밥까지 얻어먹으면서 많은 조언을 들었다. 내 적극적인 모습을 좋게 보셨는지 경험이 전혀 없는데도 불구하고 IMF 외환위기로 실직한 가장들에 대한 무려 4페이지짜리 취재를 맡겨주셨다. 정말 열심히 취재해서 그때부터 매달 2꼭지 정도씩 일을 받았다. 그렇게 한 곳과 인연을 맺기 시작하자 다른 잡지사들로 일을 확대하기가 수월해졌다. 그래서 거의 대부분의 여성지를 오가면서 방송과 잡지 자유 기고가 일을 8년간 병행했다.

방송이나 자유 기고가의 일, 그 외에 내가 해온 많은 일들은 늘 그렇게 발 도장 찍고 문 두드리고 다니면서 얻은 기회였다. 남들처럼 이력서만 보내놓고 앉아 기다리면 나에게 언제 순서가 올지 알 수 없는 일. 무조건 찾아다니며 부딪혔다.

지금은 그때 방식, 내가 했던 노력으로 꿈을 이루기 어려운 세상이라고 한다. 나눠 먹을 파이가 더 적어지고, 더 많은 사람과 경쟁해야 한다고 한다. 지금 내 자리에서 바라보니 고생할 만큼 했다 싶은 나조차 지금보다 운 좋은 시대를 살았던 것 같다. 그런데 그 어느 시대를 살든 저마다 자기의 길은 자기가 닦아야 한다.

설사 방송 작가 일을 시작했다고 해도 그 일을 계속 유지하고 살기는 쉽지 않다. 방송사는 해마다 개편이라는 2번의 파고를 넘어야 한다. 아무것도 보장되지 않고, 잦은 변화 속에서 수시로 자리가 달라진다. 어느 순간 주변을 돌아보니 동료나 후배들이 하나둘씩 떠나고 나만 남아 있었다.

내가 지금까지 남아 있는 것은 대단한 재능이 있어서라기보다는 잘 버티고 잘 견디고 꾸준히 걸어온 덕이다. 지금 하고 있는 MBC 라디오 〈이진우의 손에 잡히는 경제〉는 근 2년 전에 옮겨온 곳이다. 경제 프로그램을 하는 작가로서 마지막 종착점처럼 여겨지던 프로그램. '마지막엔 가야지.' 하고 내심 생각은 했지만, 막상 현실이 되어 그 옛날 문 두드리며 기회를 찾아다니던 나를 떠올리니 기적 같이 느껴진다. 모두가 붙잡아 주는 편안한 곳에 안주하지 않고, 이 프로그램으로 건너오면서 나는 스스로에게 박수를 쳤다. 나이 들수록 변화가 두렵고 귀찮은데, 그런 마음을 모두 물리치고 더 성장하기 위해 선택한 새로운 길. 오래 정든 여의도 KBS에서 상암 MBC로 건너오는 선택은 기쁘면서도 한편으론 아쉬웠다.

"꽃길만 걸어요." 떠나오는 내게 건네준 이들의 꽃다발 속에 담긴 문장. 이런 응원을 받고 떠날 수 있다는 것 자체도 정말 꿈만 같았다. 방송가에서는 나의 의지와 상관없이 일을 그만두어야 하는 속상한 일들이 많이 벌어지곤 한다. 나에게도 그런 경험이 있었다. 그런데 신규 론칭까지 참여해 잘되고 있는 프로그램을 내가 먼저 내려놓고, 떠나겠다고 하는 날이 오고 보니, 격세지감이 느껴졌다.

시간이 그냥 흐른 것은 아니다. 생각해보면 정말 많은 파고를 넘었다. 일을 정말 좋아하지 않았다면 나도 진작 떠났을지 모를 일이다. 일반 조직에서 부장님, 사장님의 지시대로 정해진 업무만 하라고 했다면 아마도 나는 무능했을 것이다. 그런데 내가 하는 일은 나이가 이십대든 삼십대든 사십대든 그냥 작가였다. 팀이 있긴 하지만 나 스스로가 부장도 되고 사장도 되어 내 몫을 홀로 다 감당해내야 하는 일인 것이다. 내가 바라보는 시각, 나의 판단, 나의 추진력, 나의 책임감. 그 모든 것에서 홀로 고독하게 내 몫을 행하고 성장하면서 내 길을 닦는 것이다.

작가의 길은 끝이 없다. 어떤 기술력 하나로, 취업운 하나로 평생직업 평생직장을 얻는 일이 아니다. 매일 세상에서 벌어지는 일을 들여다보고, 무언가 새로운 것들을 기획하고 끝없이 공부하고…. 읽고 보고 쓰는 일이 생활화되어야 한다.

사회의 다양한 분야 사람들과 폭넓게 사귀고 새로운 분야를 접할 수 있다는 것도 이 직업의 특성이다. 남들에게는 노는 것 같은 일이 나에게는 일이 될 수도 있다.

늘 뭔가를 읽고, 쓰고, 보면서 혼자 재미있다고 박수를 치고 눈물을 흘리는 나를 볼 때 문득문득 내게 주어진 이 환경이 너무 감사해진다. 서점이나 극장에 자주 가고, 요즘 인기 있는 카페들을 찾아다니는 즐거움을 누리기도 하고, 일과 일 사이에 짬이 생기면 드라이브도 하고, 쇼핑도 하고, 사람도 만나면서 환기시키곤 한다. 그 모든 일상을 프리랜서의 특권으로 즐기면서 일과 일상의 경계 없이 살고 있다.

어떻게 이 일을 할 수 있냐고 묻는 사람에게 "어떤

길로 가라."는 얘기를 해줄 수가 없다. 하지만 "어떤 마음으로 길을 낼 수 있는가."에 대해서는 나의 경험을 바탕으로 얼마든지 들려줄 수 있다. 세상이 변하고, 지금 세대에겐 기회가 더 희박해졌지만, 그래도 삶의 본질은 변하지 않는다. 여전히 내 삶에도 적용되는 것.

"내 길은 내가 만든다. 길이 없으면 길을 만드는 내가 길이 된다."

최근에 또 하나 깨닫게 된 것은 어느 곳이 나의 최종 목표라고 제한해둘 필요가 없다는 것. 최종 목표점이라고 생각했던 위치까지 와보니, 여기서 끝을 내지 않고 새로운 길을 내고 싶어진다. 아직도 하고 싶은 일이 많고, 할 수 있는 일도 많아 보인다. 더욱이 한 우물 파기가 아닌 만능 엔터테이너가 되길 요구하는 세상에서 작가로서 나의 확장성이 어디까지 가능할지 기대가 된다. 어떤 일이든 해봐야 하고, 그러라고 주변에서 마음껏 부추겨 주는 게 프리랜서의 길. 늘 노는 것처럼, 여행하는 것처럼 일하는 중이다.

숨은 보석 찾기

"사투리 억양이 거슬리네요."

"저희나라가 아니라 우리나라죠."

"저런 친정부 연사를 부르다니 실망입니다. 채널 돌리라는 뜻인가요?"

"저분은 전문가가 아닙니다. ○○○ 이런 분 섭외하세요."

시사경제 프로그램의 가장 큰 어려움은 연사 섭외다. 좌우로 갈린 세상에서 균형을 잡는 방송은 아무리 잘하려고 해도 어렵다. 사안 하나하나가 민감해서 늘 찬반이 갈리고, 성토가 벌어진다. 제작진들의 생각이 모자라고 능력이 부족해서가 아니라, 연사 섭외가 생각보다 간단치 않기 때문이다. 실제로 더 나은 연사가 있다고 하더라도 그날 일정이 안 맞거나, 방송에 나오지 않겠다고 하면 소용없다. 시의성 때문에 하루 이틀 전에 섭외에 들어가고, 방송 직전에도 아이템이 바뀌는 상황들이 생기니 현실적으로 가능한 연사를 찾다 보면 그날 방송한 연사가 최선의 카드일 수밖에 없다. 매일 생방송을 하면서 모두의 입맛에 맞는 방송을 하기란 여간 어려운 일이 아니다.

경제 프로그램은 특히 각 분야 전문가를 찾는 게 중요한데, 몇 년 전부터 일부 경제연구소나 증권사에서 방송 출연을 아예 금지하는 경우가 많아졌다. 자체적으로 팟캐스트나 유튜브 등을 하는 곳이 많아지면서, 굳이 공명심이 작용하는 게 아니라면 공중파 방송 출연에 메리트를 못 느끼기 때문이다.

학계의 젊은 교수, 연구원들의 가치관도 과거와 많이 다르다. "방송은 시간 낭비일 뿐이다.", "기껏 좋은 마음으로 나가서 내 지식 들려주고 욕만 먹더라." 이런 이유로 인터뷰에 잘 응하지 않는다. 사실 맞는 얘기다. 어떤 의무감으로 방송을 할 이유도 없고, 좋은 취지에서 방송에 응해도 방송국이나 청취자들이 대단히 알아주는 것도 아니다. 그분들의 입장도 충분히 이해가 간다.

다루고 싶은 주제는 늘 무궁무진한데 문제는 늘 손에 잡히지 않는 연사다. 연사가 아예 보이지 않거나 수소문해서 어렵게 찾아내도 방송을 하지 않겠다는 분들이 많아 주제가 확정되고도 진행하지 못하는 일이 생긴다. 설사 방송을 하더라도 기대만큼 내용이 나오지 않아서 실망스러운 경우도 있고, 방송 경험이 없는 분들은 방송 스킬이 떨어져서 그만큼의 위험 부담을 안고 진행하게 될 때도 있다. 그러니 작가나 제작진의 입장에서는 검증된 연사들에게 많이 의존할 수밖에 없다. 방송에 자주 많이 나오는 분들은 제한된 시간 동안 해당 이슈에 대해 방송에서 자신이 할 얘기가 있는지 없는지를 스스로 잘 판단한다. 그분들은 실제 정책이나 현장 상황을 가장 잘 알고 있는 분들이기도 하다.

오랫동안 한 분야의 프로그램을 하다 보니, 작가나 진행자 얼굴 봐서 응해주는 경우도 많다. 어차피 모든 일이 사람과 사람이 만나 하는 일이고, 오랫동안 쌓인 신뢰가 힘이 될 때가 많다. 적어도 믿는 구석이 많으니 방송이 펑크날 일은 없을 것 같은 든든함이 있다.

'배워서 남 주자'는 생각으로 방송에 나오는 분들도 있다. 사회적 책임감으로 자신의 지식과 전문성을 들려주는 분들이다. 출연료도 사양할 정도로 계산 없이, 자신을 찾는 곳이면 어디든 적극적으로 출연하신다. 그런 분들과 함께 일할 때면 청취자들이 이분들께 좋은 반응을 보내주면 좋겠다는 생각이 든다. 우리 사회에 아직 이런 전문가, 지식인들이 있다는 것을 알아봐 준다면 더 많은 분들이 마이크 앞으로 나오실 텐데.

사실 청취자들은 연사 섭외의 과정을 알 수 없고, 그분들의 진가나 진정성을 알아채기가 어렵다. 그러다 보니 방송에서 자신의 생각과 다르거나 내 생업에 도움이 안 되는 이야기를 할 경우 비난하고, 그 연사가 소속된 곳까지 연락해서 항의하는 일이 생기기도 한다.

누구나 자기가 듣고 싶은 말을 해주는 사람을 좋아하고, 자신이 정해둔 답을 들려주길 노골적으로 바랄 때도 있다. 작가도 사람이니 원하는 얘기를 들려주는 사람에게 마음이 더 가고, 개인적으로 더 선호하는 사람도 있다. 하지만 누구보다 나 스스로가 숨은 보석을 발굴하듯 좋은 연사를 발굴해서 우리 방송이 더 차별화되고, 더 경쟁력 있어지기를 바란다.

그렇게 발굴한 숨은 보석 같은 연사들이 우리 프로그램에 도움을 주고, 그들도 자기 분야에서 성장해나갈 때 뿌듯하다. 어느 순간 나에게는 더없이 좋은 인연의 사람들이 돼 있음을 발견하게 된다. 그런 보람과 성취감 때문에 어떤 날은 끼니를 거르면서 하루 종일 전화를 돌리고, 적극적으로 사람을 만나고, 방송에 드러나지 않는 많은 시행착오의 시간을 보내며 살아간다. 내가 대한민국의 경제 전문가들을 가장 많이 아는 작가였으면 좋겠다는 바람과 나 또한 그들에게 내 이름 석 자가 확실히 주입될 수 있었으면 좋겠다는 바람이다.

나의 부캐, 소이캔들 테라피스트

초등학생 때부터 작가를 꿈꿨고, 작가라는 직업과 삶에 만족하지만, 나는 오래전부터 무언가 다른 일을 병행해보고 싶었다. 새로운 경험과 즐거움을 얻고 싶기도 하고, 작가는 그런 경험을 통해 더욱 풍요로워지는 직업이기도 하니까.

뜬구름 같은 꿈만 꾸다가 어느 날 소이캔들을 만드는 일을 발견했다. '캔들'이라는 단어마저 반짝반짝하게 다가왔다. 예쁜 유리 컨테이너에 든 초가 제사 때 쓰는 흰 양초밖에 모르던 나의 감성을 자극했다. 소이캔들을 만들 때 사용하는 재료들이 천연 식물이라는 것까지 알게 된 이후에는 소이캔들에 완전히 매료되어버렸다. 두근거리고 설레는 마음을 느낄 수 있다는 게 나를 행복하게 했다. 내가 이런 것을 좋아하고 즐길 줄 안다는 것도 처음 알게 된 사실이었다.

시작은 독학이었다. 혼자 필요한 재료들을 간단히 구입하고, 책을 사서 만들어보기 시작했다. 그런데 정말 신기하게 캔들이 뚝딱 만들어졌다. 내 손으로 뭔가 만들어냈다는 뿌듯함에 주변 사람들에게도 테스트를 해보았다. 다행히 주변에서도 좋은 반응을 보여주었다. 캔들을 구입할 수 없는지 묻고, 판매 권유를 하기 시작했다. 추진력이 빠른 편이라 '캔들앤&'이라는 이름으로 사업자등록을 내고, 내 손으로 직접 쇼핑몰을 만들었다. 향을 사용하는 만큼 '화평법(화학물질의 등록 및 평가 등에 관한 법률)'이라는 정부 규제에 맞춰 인증검사도 받고 판매를 시작했다.

그런데 막상 판매까지 하고 보니 더 욕심이 났다. 소이캔들을 독학으로 배운 것이 아쉬워서 본격적으로 배워보고 싶다는 생각이 들었다. 거의 40종에 가까운 다양한 캔들을 만들어보는 민간자격증 과정이 있었는데, 약 3달간의 교육을 거쳐 '양초공예 지도사', '소이플라워 전문가' 자격증을 취득했다. 매일매일 소이캔들에 대한 지식을 쌓고 새로운 것을 만들어내는 그 시간이 나에게 생기를 불어넣었다.

나에게 그런 관심과 재주가 있는 줄 몰랐다. 다양한 향의 세계에 빠져 그토록 행복할 줄 몰랐고, 이렇게 새로운 세계에 입문하게 될 줄 몰랐다. 몇 시간 동안 왁스로 꽃잎을 한 장 한 장 만들어서 화려한 캔들로 완성시키는 과정은 새로운 흥분감을 안겨주었다. 늘 글만 쓰던 나에게 색다른 창작열을 쏟아붓게 했다. 이 또한 예술이라고 생각하니 더 좋았다.

최근에 유행하는 '부캐' 열풍이 진작 나에게 찾아들었던 것이다. 단순히 경제적인 여유를 얻기 위해 병행하는 일이 아니라, 본업과 시너지 효과를 낼 수 있고 또 다른 내 모습을 펼칠 수 있는 일. 그것이 예쁘고 향기롭기까지 하니 나를 더 빛내주는 일이기도 했다.

하루 종일 방송을 하고 와서 저녁부터 늦은 밤까지는 캔들 사업에 몰두했다. 힘든 줄도 모르고, 부업이라고 하기 민망할 정도로 많은 재료비와 시간과 공을 쏟아부었다. 좋은 천연제품을 만들겠다는 욕심에 재료상을 찾다 보면 어느새 가장 좋은 재료만 사들이고 있었다. 디테일한 부분까지 제대로 만들고 싶다고 생각하니 용기부터 포장재까지 이것저것 챙겨야 할 게 많았다. 한창 유행처럼 캔들 공방도 늘어나고 판매자들도 많아져, 수익성을 생각하면 차라리 안 하는 게 나은 일이었다. 그런데도 일하는 즐거움에 푹 빠져 살았다.

캔들을 만드는 시간은 나에게 '힐링'을 하는 시간이었다. 콩 100% 원료로 만든 왁스와 천연 식물에서 추출한 오일, 이 조합으로 만들어내는 빛이라는 게 얼마나 따뜻하고 향기로운지 만들고 있으면 저절로 행복해졌다. 온 집안에 퍼지는 라벤더, 로즈마리, 일랑일랑 등의 향기로움이 나를 치유해주고 있었다.

본업에 무리를 주지 않는 선에서 소이캔들, 디퓨저, 방향제, 향수 만드는 일을 하나씩 더해나갔다. 이런 모습을 보고 각별한 창업 전문가께서 '소이캔들 테라피스트'라는 직업 타이틀을 만들어주시기도 했다. 내가 만든 것이 누군가에게 작은 즐거움과 위안을 줄 수 있다는 게 마음에 들었다.

비 온 뒤 숲길에서 느꼈던 흙냄새, 강한 허브와 우드향, 각종 꽃향기 등 이런 향기를 나는 무척 좋아한다. 후각은 오감 중에 인체에서 가장 예민해서, 향기가 뇌에 전달되는 데 걸리는 시간이 0.2초에 불과하다고 한다. 후각의 신경세포는 유일하게 뇌와 직접 연결돼서 기분과 감정에 영향을 준다. 어느 향을 맡으면 그 향을 맡으며 걸었던 숲길, 그날의 날씨, 함께한 사람 등에 대한 추억과 기분까지 고스란히 살아난다. 그래서 비 온 뒤엔 더욱더 숲에 가고 싶어 몸살이 나고, 바다의 그 비릿한 향기가 그리워서 자주 일상에서 탈출하곤 한다. 캔들과 향기 제품들을 만들면서 평상시에도 사랑하는 기억들을 떠올릴 수 있는 큰 즐거움이 생긴 것이다.

혼자 있어도 좀처럼 심심하고 외로운 감정을 잘 못

느끼는 나지만, 캔들 만드는 일을 시작하면서 혼자의 시간이 더 많이 필요해졌고 나만의 즐거움으로 꽉 찬 일상을 보내게 되었다. 재료를 구입할 땐 새로운 재료를 어떻게 활용할지 온갖 상상을 하며 행복해지고, 테라피 기능을 하는 각종 향으로 꽉 찬 내 공간에서 캔들을 만들며 즐거운 시간을 만끽한다. 기계에 찍어내는 게 아니라 모든 과정을 내 손으로 만들어 향과 색을 입히니, 내가 공들인 만큼의 자부심도 갖게 된다. 라벨링까지 하고 나서 그 즐거운 과정을 영상과 사진으로 찍고 주로 SNS에 올리는데, 그렇게 작가로서 작품을 전시할 수 있다는 게 나의 도전 의식을 계속 불러일으킨다. 머릿속이 복잡하거나 힘들 때에도 캔들을 만들고 나면 바닷바람에 걱정을 씻어낸 듯 마음이 편안해진다. 최근 '부캐'가 하나의 트렌드로 떠오르고 있는데, 나 역시 지난 5년간 부캐로 소이캔들 테라피스트 생활을 이어오면서 혼자만의 시간을 더욱 풍요롭게 보낼 수 있었다.

또 하나의 직업을 갖는다는 것은 사실 힘든 일이다. 무엇보다 체력이 받쳐줘야 하고, 자신의 모든 열정과 시간을 일에 쏟고 살아야 한다. 그런데 좋아하는 일을 하고 그 일을 즐길 수 있다면 돈을 떠나 삶이 풍요로워진다. 부캐를 통해 또 다른 기대와 상상 속에서 살아간다. 그 많은 향기로움을 평생 즐기기에도 시간이 모자랄 듯하다.

먹방 브이로그

밤 시사 프로그램을 같이 하던 후배가 브이로그를 해보겠다고 했다.

"선배, 우리 매일 저녁에 맛있는 거 먹으면서 너무 재밌잖아요. 그래서 브이로그 찍으면 좋을 것 같아요. 나중에 좋은 추억도 되고."

"그냥 찍히면 되는 거야? 그래! 뭐든 해봐."

그렇게 우리 팀은 브이로그를 찍기 시작했다. 나름 젊은 팀이기도 했고, 프로그램을 신규 론칭하면서 가족처럼 뭉친 분위기 좋은 팀이라 모두가 긍정적이었다.

방송이 자정에 끝나다 보니 그 자체만으로도 지치기 쉬운 일상이었는데 우린 늘 저녁 한 끼를 원 없이 맛있게 먹었다. 카페, 편의점, 공원, 가까운 쇼핑몰 등으로 사춘기 소녀들처럼 몰려다니면서 웃고 떠들다 보니 소소한 일상이 특별한 즐거움으로 바뀌곤 했다. 그 시간이 너무 아쉬워서 담아보기로 한 브이로그.

막상 촬영을 시작하자, 팀 분위기는 더욱 활기차졌고 모두가 기대감에 부풀기 시작했다. 우린 저녁 한 끼에 모든 걸 다 걸고 더 맛있는 저녁 메뉴부터 고민했다. 일하던 도중이라 멀리 벗어날 수는 없었지만, 저녁 한 끼에 진심을 담아 단 하나의 메뉴를 엄중히 선택해서 식탁에 올려놓았다.

우린 정말 잘 먹었다. 그리고 아주 맛있게 먹었다. 맛있게 먹는 것엔 다들 선수라서 매일 남부럽지 않은 먹방을 찍었다. 사실 뭘 먹는지보다 즐거운 식사 분위기 자체를 즐겼다. 사무실에선 각자의 일로 바쁘다 보니 식사 시간이 대화를 나눌 수 있는 유일한 시간. 우리는 그 시간에 많은 대화를 나눴고, 스트레스가 생기면 바로바로 풀고, 늘 파이팅 넘치는 모습으로 다시 제자리에 돌아왔다. 그리고 생방송 전까지 열심히 방송 준비를 한 후, 2시간 긴 방송에 밥값을 다했다.

우리의 이런 브이로그에 담겨 '권작가TV'라는 타이틀로 유튜브에 올라갔다. 완성된 영상을 보는 것도 재밌지만, 하다 보니 평상시에 촬영하는 일상 자체가 우리에게 소소한 즐거움을 주었다. 후배의 브이로그와 별도로 나도 놀이처럼 영상 찍기를 즐기게 되었다. 여행 갈 때나 하던 일을 일터로 일상 속으로 끌어왔다. 가끔 촬영한 일부를 SNS에 올리기도 하고, 우리끼리 카톡

방에서 공유하기도 했다. 영상을 보면서 저마다 몰랐던 자신의 모습을 발견하고 다들 즐거워했다. 영상 하나로 서로 나눌 이야기도 더 많아졌다.

일을 하다 보면 '어떻게 즐겁게 일할 수 있을까?' 하고 고민하게 된다. 무슨 일이든 일이라는 것의 속성이 힘들고, 스트레스를 받기도 하고, 지겨울 때가 있다. 우리의 일상을 영상으로 남기는 작은 이벤트가 그런 마음을 해소하는 데 즐거움이 돼주었다. 아무리 각자의 개인기가 출중해도 팀 분위기가 좋지 않으면 절대 개인기를 발휘할 수가 없다. 좋은 팀 분위기가 형성되면 개인도 살고 팀도 산다. 어디서 어떤 팀을 만나도 내가 놀듯 일하는 분위기를 만들고자 하는 건 그 때문이다. 현재 하고 있는 프로그램에서도 그런 식으로 나 나름의 분위기를 만든다. 같이 즐길 수 있는 분위기를 만들면 모두 참여한다. 그러면 일도 잘되고 결국은 나 개인의 성공이 되어준다.

커리어와 콩나물 키우기

집에서 키우던 화분들이 하나둘 죽어가더니 선인장마저 죽었다. 식물을 좋아하지만 집에 들여만 놓으면 시들하다 죽어버리니, 식물도 선불리 키우면 안되겠다는 생각을 했다.

그런 내게 딱 적합한 아이템을 발견했다. 콩나물. 늘 콩나물이 문제였다. 쫄면을 만들어 먹거나 북엇국을 끓일 때 딱 한 주먹만큼만 필요한데, 한 봉지를 사면 결국 반쯤 버리는 일이 반복됐다. 그러니 직접 키워서 필요한 만큼씩 그때그때 사용하면 좋지 않을까.

어릴 때 집에서 늘 콩나물을 키웠다. 고무 양동이 같은 것에 불린 콩을 넣고 검정 비닐을 씌워서 실내에 들여놓았는데, 며칠만 지나면 공장에서 뽑아낸 것처럼 길쭉한 콩나물이 자라 있었다. 요즘은 보기 힘들어진 풍경이지만, 당시에는 우리 집뿐 아니라 콩나물을 키워 먹는 집들이 많았다. 그때 생각을 하니 콩나물을 직접 키워 먹는 재미가 쏠쏠할 것 같아서 찾아보았다.

그런데 놀랍게도 콩나물 재배 시루가 시중에 무척 다양하게 판매되고 있었다. 직접 재배해 먹는 사람들이 꽤 있다는 건데 아주 뜻밖이었다. 저렴한 시루와 콩나물 콩을 구입한 나는 며칠 후 콩나물을 기르기 시작했다. 아담한 시루에 불린 콩을 넣고 물만 자주 뿌려주면 된다고 했다.

기르기 시작한 지 얼마 되지 않아 금세 콩나물 싹이 나오기 시작하더니 4~5일쯤 후에는 먹어도 될 정도로 충분히 다 자랐다. 말 그대로 폭풍성장이었다. 이렇게 빨리 수확의 기쁨을 맛볼 수 있는 게 얼마나 있으랴. 기특한 노릇이었다. 콩나물을 다듬어서 국에 넣고, 쫄면에 넣어 무쳤다. 내가 직접 기른 콩나물로 밥상을 차려 놓으면 괜히 더 뿌듯했다.

사람들은 콩나물을 재배해서 요리하는 내 모습을 보고 대단한 것처럼 칭찬을 했다. 그런데 사실 화분을 키우거나, 반려동물을 키우는 것에 비하면 너무 쉽고 책임감을 느낄 필요도 없는 일이었다. 칭찬이 민망해져 나는 그렇게 대답하곤 했다. "키울 애도, 키울 남편도, 키울 강아지도 없어서 저는 콩나물 키워요."

누군가의 성장을 돕는 일이 나에게는 내 능력 밖의

일이었다. 누구나 같은 꿈을 꿀 순 없다. 나는 누군가의 성장을 돕는 게 아니라 내가 직접 성장해야 하는 삶이었다. 사는 게 답답하고 힘들었던 이유는 나에게 주어진 콩나물 시루가 너무 작았기 때문이다. 좁은 통 안에 억눌린 채 수분은 메말라가고 곰팡이가 필 지경이 돼서야 알았다. 통 밖으로 나가야 한다는 것을….

난생 처음으로 철학관을 찾아다니면서 대체 내 인생이 왜 이런 거냐고 물어보면, 어디서나 똑같은 이야기가 나왔다. "너는 너의 능력으로 살아야 해." 한 번도 그런 마음을 먹어본 적은 없지만 누군가에게 기대서 편히 살 팔자는 아니구나 생각하니 비로소 모든 것이 새롭게 보였다. "내 능력으로 살면 좋지 뭐. 그럴만한 능력도 있다는 얘기겠지?"

그야말로 난 내 성장을 위한 노력만 해나가면 되는, 어찌 보면 축복받은 삶인지도 모르겠다. 끝없이 공부하고, 글 쓰고, 책 읽고, 여행하고, 다양한 사람을 만나고…. '이 나이에도 내 성장을 꿈꿀 수 있다는 것이 어찌 보면 참 행복하구나.' 내 안에 그런 생각들이 차오르기 시작했다.

마흔 이후에 인생의 크고 작은 결단과 노력을 통해 많은 변화가 생기기 시작했다. 편하게 안주할 수 있는 일과 새로운 환경에서 도전해야 할 일이 생기면 당장은 고단할지라도 나는 도전하는 삶을 선택하는 게 맞다고 생각했다. 편하게 안주하는 것은 성장을 멈추고 자칫 퇴보하는 일이 될 수 있기 때문이다. 당장 생기는 이익과 시간이 걸리는 이익 사이에서 결정해야 할 때도 커리어에 도움이 된다면 이익을 뒤로 미루는 선택을 해왔다. 그것은 성장을 위해 필요한 일종의 투자이고, 여기에는 더 큰 보상심리가 작용하여 나를 더 노력하게 만들었다. '좀 더 먼 미래에 더 많은 성과를 얻겠다. 그러니 나는 반드시 성장할 것이다.'

그런데 성장의 끝이 어디 있겠는가. 누구의 인생이든 죽는 날까지 성장하고 싶은 마음은 마찬가지일 텐데…. 콩나물 같은 폭풍성장을 바랄 게 아니라, 성장을 위해 그토록 열을 내고 땀 흘리는 성장의 과정 그 자체에 의미를 두어야 한다.

어쨌든 여전히 나는 키울 자식도 남편도 강아지도 없는 삶이니까, 콩나물과 커리어를 키운다. 더 열심히.

하기 싫은 일을 대하는 법

마흔 넘어서 운동을 시작했다. 초등학생 때 키가 크다는 이유만으로 (지금의 키) 농구부에 억지로 들어가 꽃게 자세로 이리 뛰고 저리 뛰던 과거사를 빼면, 내가 하는 운동은 숨쉬기 운동이 다였다. 중간중간 헬스장을 석 달씩 끊어보기도 하고, 홈쇼핑에서 충동적으로 구매한 러닝 머신을 들여놓기도 하고, 수영을 잠시 배웠다가, 배드민턴을 쳤다가, 볼링을 쳤다가…. 그렇지만 한 번도 오래가지를 못했다.

그러던 내가 이번엔 헬스장용 러닝 머신과 사이클을 집에 들여놓고 운동을 시작했다. 주변에서는 왜 또 비싼 빨랫줄을 샀느냐고 놀리기도 했다. 하지만 이번에는 장비에 들인 돈만큼 각오가 남달랐다. 오래 앉아있는 게 점점 힘들어지고, 나잇살이 너무 쉽게 찌는 걸 더 이상 참을 수 없었다. 작가라는 직업상 오래 앉아있는 걸 피할 수 없지만, 하루 15시간 전후로 앉아있는 날이 잦아지면서 이대로 방치하면 병원비가 더 들지도 모를 것 같은 불안감이 들었다.

무라카미 하루키는 《직업으로서의 소설가》에서 작가라는 직업에 대해 '한없이 개인적이고 피지컬한 업'이라고 했다. 글은 엉덩이로 쓴다는 말이 있듯이 오롯이 혼자 감당해야 할 고독한 작업이기에 체력이 받쳐주지 않으면 도무지 해낼 수가 없다. 누가 대신해줄 수도 없고, 힘들 때 휴가 내고 쉴 수도 없다. 그저 정신력과 체력으로 철저히 혼자 감당해내야 하는 업. 그러니 이 일을 오랫동안 하기 위해서는 건강한 체력이 받쳐줘야 한다는 강박 아닌 강박이 있어 비장한 각오로 운동을 시작했다.

새로 운동 기구가 들어온 날부터 주 5일은 하루 한 시간씩 운동을 하기 시작했다. 새로 구입한 기구가 꽤 마음에 들지만, 그렇더라도 혼자 기계에 올라가 걷고 달리는 일이 재미있을 리 만무하다. '한 시간이 이렇게 긴 시간이었나?' 매일 시계만 바라봤다.

사람은 어떤 의무감에 사로잡히면 청개구리 같은 묘한 심리가 발동한다. 해야 할 일을 미룬 채 딴짓을 하게 되고, 없는 핑계도 만들어 일을 미루기 시작한다. 운동을 해야 하는 이유는 분명했지만, 하지 않아도 될 이유 역시 많았다. 유혹은 늘 더 힘이 셌다. 매일 할 일이 쌓이고, TV나 영화를 보면서 뒹굴거리고 싶고, 피곤해서 차라리 잠을 더 자고 싶어 이 핑계 저 핑계를 대고 나면 늘 운동할 시간이 없다는 결론에 이르렀다. 누군가의 말이 맞았다. '운동은 시간이 있어서가 아니라 없는 시간을 내서라도 해야 한다.'

나이가 들면서, 답을 뻔히 알면서도 제대로 실천하지 않는 일이 생기면 스스로에 대한 실망으로 이어지곤 한다. 새해 첫날만 되면 뭐든 할 것처럼 운동, 금연, 다이어트 등 수많은 계획을 세우지만, 지키지 못한 채 소멸되거나 의미 없이 반복되는 일이 얼마나 많았던가. 좀 더 젊었던 시절에는 그런 시행착오조차 의미가 있고, 다시 하면 된다고 생각했다. 하지만 중년에 접어들고 이제 오십 가까운 나이를 바라보고 있노라니, '언제까지 그런 시행착오를 거듭할 것인가. 구제불능인가?'라는 생각과 함께 내 자신이 한없이 부끄럽고 한심하게 느껴진다. 이제 그런 실망스러운 과거를 끊어내고, 크고 작은 성공의 경험만 쌓아가기에도 인생이 짧아졌다.

살면서 내 나름대로 터득한 방법 중 하나인데, 보통 하기 싫은 일을 할 때는 그 일을 습관화시키는 게 도움이 된다. 시간과 장소 등을 정해놓고 무조건 실행해서 기계적으로 그 일을 몸에 익히는 것이다. 언젠가 '하기 싫은 일과 하고 싶은 일 중에 어느 것을 먼저 할래?'하는 누군가의 질문을 받고, 나는 '하기 싫은 일 먼저!'라고 답한 적이 있다. 매도 먼저 맞는 게 낫다고 하지 않던가. 당장은 하기 싫고 힘들더라도 그것을 해낸 후에 달콤한 과실이 주어질 것을 기대할 수 있다면 쓰디쓴 인내의 시간은 충분히 감수해볼 만한 일일 테니까. 실제 어떤 일에서든 나는 하기 싫은 일을 먼저 하는 쪽을 선택한다. 하기 싫은 일을 몸에 밸 수 있게 길들이면 비교적 정신력이 잘 따라오는 효과가 생겼다.

하기 싫은 일은 늦추면 늦출수록 더 하기 싫어지는 속성이 있다. 미뤄둔 숙제, 심부름, 약속, 보고서 등은 미룬 만큼 두 배 세 배 힘들어지기 마련이다. 무조건 회피하는 것은 무언가를 성취할 기회를 상실하는 것일 수도 있다. 나는 언제부턴가 하기 싫은 일일수록 적극적으로 해보고 정면 돌파하는 방식으로 살아보기로 했다. 운동이 대표적인 경우다.

밤 12시에 방송이 끝나던 시절에는 천근만근인 몸을 이끌고 새벽 1시에 러닝 머신 위에 올라갔다. 해야 한다는 생각과 하기 싫은 맘이 늘 밀당하듯 오갔다. 그러면서도 매일 4km를 빠르게 걷고 200칼로리를 소모하는 생활을 습관화시키니 많은 변화가 찾아왔다.

언젠가 한 TV 프로그램에서 60대 몸짱 어르신이 헬스트레이너로 활력 넘치게 사는 모습을 보았다. 식스팩을 장착한 몸이 도무지 그 나이로 보이지 않았다. 사연을 들어보니 50대 중반쯤 갱년기 우울증 때문에 운동을 시작해서 제2의 인생 전성기를 맞게 됐다고 한다. 그 방송을 보면서 생각했다. '어느 날 내가 작가 생활을 하지 못하는 불행이 닥친다면 운동이라도 열심히 해서 또 다른 멋진 인생을 살아볼 수도 있겠구나.' 땀 흘린 만큼 성취감을 주는 운동이야말로 도전해 볼 가치가 있다. 일상의 변화가 필요할 때, 자존감을 회복하고 싶을 때, 주변 사람들에게 운동을 적극 권하게 되었다. 운동에 취미 없었던 내가 말이다. 나는 운동과의 이 연애가 평생 갈 것 같다.

시간의 노예에서 주인으로

최근 학창 시절부터 가보고 싶었던 프랑스 파리에 여태 가보지 못했다는 아쉬움으로 한참을 우울하게 보냈다. 중학생 때 TV에서 본 흑백 영화 속 비 오는 파리의 모습을 시작으로 대학 시절 푹 빠져 살았던 프랑스 영화, 샹송을 들으며 독학했던 프랑스어까지 파리 거리를 거니는 내 모습을 늘 꿈꾸며 살았는데…. 지금이야 해외여행은 전적으로 개인의 선택이지만 우리나라가 해외여행 자율화가 된 것은 1989년이다. 내가 20대이던 때는 경제적으로 꽤 여유있는 친구들 외에는 어학연수나 배낭여행을 떠나는 경우가 거의 없던 시절이라, 내게 여행은 언제나 먼 미래의 일이기만 했다.

그러나 내가 여행을 미뤄두었던 것과는 다르게 나처럼 가진 것이 없어도 해외에 나가서 공부하고 여행하며 자신이 꿈꾸던 경험을 쌓아가는 사람들이 꽤 많았다. 그때마다 나는 세상에 무수히 많은, 나보다 나은 사람들 앞에서 부끄러워졌다. '왜 나는 그렇게 할 생각조차 못했을까? 왜 꿈꿨던 것들을 좀 더 펼치지 못하고 살았을까? 다른 일에서 적극적이고 도전적이었던 것처럼 조금 더 용기를 내서 넓은 세상에 나갔더라면 얼마나 좋았을까?'라며 우물 안 개구리에 불과한 내 모습에 후회가 남았다.

참 아이러니하게도 프리랜서는 프리하지 않다. 파리에 가려면 적어도 일주일은 시간을 빼야 하는데, 방송 일을 하면서 일주일씩 휴가를 빼고 어딘가 가본 적이 단 한 번도 없다. 그렇게 시간을 빼고 가는 경우들도 있지만, 프로그램에 작가가 둘 이상이거나, 대신 맡아줄 적임자가 있어야 가능하다. 그러나 불행하게도 경제 프로그램은 일주일이나 맡기고 갈 작가를 찾기가 어렵다. 그래서 늘 큰 욕심 내지 않고 3년 주기로 여름에 이삼일 정도 휴가를 빼서 주말을 끼고 다녀올 수 있는 휴가지를 선택했다. 그러니 동남아 국가 그 이상을 가본 적이 없다.

일이 둘 이상이면 그조차 힘들다. 프리랜서니까 능력과 시간만 되면 여러 방송사를 동시에 할 수도 있고, 다방면으로 활동할 수도 있다. 한때는 나도 3개 방송사까지 걸치고 일을 할 때도 있었다. 낮에 녹화하는 TV

주간 프로그램이 두 개인데 녹화 요일이 달랐고, 매일 방송하는 라디오 음악교양 프로그램이 있었는데 밤 시간이라 병행이 가능했다.

그런데 보통은 이 많은 일을 하면서 물리적인 시간과 일의 강도를 맞추기가 쉽지 않다. 공중파 라디오 방송에서는 프로그램을 하나 이상 하기도 어렵다. 한 프로그램에 쏟아야 할 시간과 에너지가 상당해서 다른 일을 병행하려면 자신의 모든 사생활과 최소한의 수면 시간조차 다 포기해야 한다. 자칫 하나도 제대로 못한다 소리를 들을 수 있으니 일을 무리하게 할 수도 없는 노릇이다.

사실 프리랜서의 입장에서 일이 들어오면 다 잡고 병행하고 싶지만, 그건 욕심이다. 근무시간, 일의 강도, 업무 영역 등 그 모든 것에서 무리수를 두다 보면 충돌이 생길 수밖에 없다. 방송 일의 속성상 같이 일하는 사람에 따라, 그날그날에 따라 유동적으로 돌아가는 상황들이 많다. 그런 상황들에 대응할 수 있는 여유를 갖고 스케줄을 운용해야 한다. 일이 일찍 끝나더라도 바로 자리 털고 퇴근하기엔 왠지 눈치가 보이고, 식사할 시간에 일을 해서 시간을 아끼고 싶어도 함께 식사하고 차 마시는 것조차 업무의 연장으로 받아들여야 할 때가 많다. 그러다 보면 정작 조용히 혼자 일을 할 시간은 늘 부족하고, 집에서도 늘 일을 하고 있는 상황들이 벌어졌다.

그러니 시간이 늘 부족해서 나에게 필요한 시간을 갖지 못한다는 결핍 때문에 집착이 생기고, 시간을 잘 관리하는 게 늘 큰 숙제처럼 내 앞에 놓여 있었다.

그렇게 살아온 지난 날을 돌아보니 한 번뿐인 인생인데 집 안에서든 집 밖에서든 내가 내 시간을 주도적으로 쥐고 살고 싶다는 생각이 계속해서 내 마음을 두드렸다. 누군가로 인해 내 시간을 낭비하고 싶지 않고, 쓸데없는 일로 인생을 흘려보내고 싶지 않았다. 내가 내 시간의 주인이 되고 싶다. 이제 이 나이에 이 정도 경륜을 쌓았으니 그래도 되지 않을까.

그래서 '시간여행연구소'라는 1인 연구소를 만들었다. 방송 활동 외에 책을 쓰고, 캔들과 같은 비즈니스, 그 외에 앞으로 해나갈 내 많은 일들을 한 바구니에 담기 위해 기존의 캔들 사업체명을 새로 바꾼 것이다.

경제 전문 작가답게 원래 '시간관리연구소'라는 이름으로 정할까 했는데, 후배가 '시간여행연구소'라는 더 좋은 이름을 제안했다. 타임머신이 떠올라 낭만적으로 느껴졌다. 게다가 경제 프로그램을 하는 것과 반대로 평소 내가 하는 감성적인 일들까지 담을 수 있는 이름이다. 나의 모든 경제활동을 담아낼 하나의 브랜드로 발전시키려고 한다. 지금은 한 우물만 파는 게 능력도 아니고, 모든 일에서 협업이 중요해지고 있다. 중년 여성으로서 사회에서 활발하고 멋있게 자기 영역을 확장해나가고, 자신의 브랜드로 살아가는 모습을 보여주고 싶다.

X세대로 불렸던 우리 세대는 가장 풍요로운 문화를 즐기기 시작했던 의미 있는 세대다. 이들이 중년이 되어 있는 지금, 사회문화를 끌고 가는 주축이 될 수도 있다. 늘 젊은 세대가 사회문화를 끌어가는 큰 흐름이 돼주었던 것과는 다르게, 그 어느 세대보다 젊고 풍요로운 경험 속에 커왔던 지금의 중년들의 활약이 앞으로도 의미 있는 현상들을 만들어낼 수 있다고 본다. 나는 그 중심에서 활발하게 뛰는 작가이자 경제인이 되고, 내 시간의 주인으로 당당하고 멋지게 살아가고 싶다. 이런 꿈과 계획을 펼쳐나가는 지금의 내 모습과 나와 함께 하는 많은 분들이 참 고맙다.

코로나 19가 종식되면 파리행 비행기에 몸을 실을 생각이다. 더 이상은 지나간 일에 대한 아쉬움과 후회로 시간을 낭비하고 싶지 않다.

사람 부자

방송의 장르마다 조금은 차이가 있지만, 나와 같은 경제나 폭넓은 시사 프로그램에서 작가의 가장 큰 능력 중 하나는 연사 풀pool이 얼마나 있는지다. 사람이 곧 자산이자 커리어이자 능력을 대변하는 것이다.

어떤 이슈를 다룰 때 어떤 전문가가 있는지 누구보다 잘 알아야 하고, 금방 수소문해낼 능력이 있거나 내가 전화했을 때 흔쾌히 나와줄 사람들이 얼마나 있는지가 가장 중요한 업무 능력이다. 그래서 작가에게 일을 제의할 때, 연사 풀이 얼마나 되는지가 중요하게 작용한다.

그러니 시사경제 프로그램을 처음 제의받았을 때 이 부분이 막막했다. 이미 방송 작가 생활을 한 지 10년 차였는데, 그때부터 시사경제 프로그램을 하려고 보니 메인 작가지만 새내기 작가와 다를 바가 없는 상태였다. 손에 든 연사 전화번호가 달랑 몇 개…. 그러니 연사를 섭외할 때마다 전화번호를 수소문하는 데 긴 시간을 쓸 수밖에 없었다.

그렇게 시작해서 경제 프로그램만 15년가량 하다 보니, 이 분야에서만큼은 가장 많은 연락처를 가지고 있는 작가 중 한 명이 되어있는 것 같다. 새로운 업데이트가 계속 필요하긴 하지만, 그래도 빠르게 수소문해 연락처를 받아낼 수 있는 나만의 영업 노하우와 네트워크가 있다. 오랜 경험으로 누적된.

어떤 사람을 만나느냐에 따라 인생의 많은 것이 달라진다. 경제 프로그램을 하게 된 것은 순전히 운명적이었다. 한 번도 꿈꿔본 적 없던 일인데, 두 달간 옆에서 나를 지켜본 어느 피디께서 〈김방희 조수빈의 시사플러스〉라는 큰 프로그램을 맡겨 주셨다. 그것이 KBS 〈성공예감 김방희입니다〉, 〈경제 투데이〉, YTN 〈생생경제〉, KBS 〈김성완의 시사夜〉, MBC 〈권용주, 김나진의 차카차카〉, 경제 팟캐스트 〈김동환, 이진우, 정영진의 신과함께〉, 현재 맡고 있는 〈이진우의 손에 잡히는 경제〉로 까지 이어졌다.

혼자 잘났다고 해서 성장의 기회까지 주어지진 않

는다. 성실하게 열심히 일하는 모습을 인정받고 기회를 얻을 수 있었지만, 전문성을 갖고 이 분야에서 자리를 잡을 수 있었던 것은 좋은 진행자와 좋은 피디들, 좋은 연사들 덕분이다.

지금 하고 있는 프로그램을 진행하는 이진우 기자는 10년 전 내가 하던 프로그램에서 고정 연사로 만났다. 스마트하고 똘똘한 기자. 당시 우리는 그를 그렇게 불렀다. 그가 하고 있는 코너에는 여느 뉴스에서도 파고들지 못하는 깊이가 있었고, 좋은 콘텐츠와 목소리, 유창한 전달력, 늘 청년 같은 비주얼과 '비유의 달인'이라고 불리는 천재성까지 겸비했으니 그는 역시 준비돼 있던 최고의 진행자 재목이었다.

어느 날 그가 MBC 〈손에 잡히는 경제〉 진행을 제의받고 고민할 때, 나는 MBC 라디오가 사람의 능력을 제대로 볼 줄 안다고 생각했다. 그런 그가 세월이 지나 자신의 경제 팟캐스트와 라디오 프로그램에 나를 불러주었을 때 기분이 묘했다. 이제 경제계에서 자타공인 최고의 전문가가 된 그가 나를 찾아준다는 게 이 일을 오래 하면서 느꼈던 가장 큰 보람이자 기쁨이었다. 여전히 부족하지만 나도 제대로 인정받는 것 같아서.

"작가님이 부탁하면 없는 시간을 만들어서라도 해야죠."

경제계의 많은 분들이 나의 든든한 자산이다. 대내외적으로 바쁜 분들에게 인터뷰 요청을 드릴 때면 미안하기도 하다. 그분들이 방송을 꼭 해야 할 이유는 없는데, 사회적 책임과 의무감만 안겨드리는 것 같아서.

인터뷰를 좋아하지 않는 분도 계시고, 하고 싶어도 너무 바쁘신 분도 계시다. 인터뷰를 해봐야 그분에게 득이 될 것도 없는 주제, 때론 그 어떤 말을 해도 욕만 먹을 게 뻔한 민감한 주제일 때도 있다. 같은 주제라도 어떤 관점에서 다룰지에 따라 교수, 이코노미스트, 애널리스트, 기자 중 누구에게 부탁해야 할지도 늘 달라진다.

바빠도 나나 진행자의 얼굴을 봐서 해주겠다는 분들, 보고서를 작성하시면 따로 보내주시는 분들, 좋은 정보나 책을 챙겨주시는 분들이 계셔서 늘 감사하다. 나의 일을 거들어주시려는 마음이 느껴진다. 결국 모든 일이라는 게 사람과 사람이 하는 일이라서 그런 인정이 작동할 때 마음이 따뜻해진다. 일보다 사람이라는 생각이 들어서.

작가가 생각하는 베스트가 진행자, 피디 생각과 맞지 않을 때도 있다. 그래서 매일 듣는 청취자 입장에서는 그다 새로울 것 없어 보이고 마음에 들지 않을 수 있지만, 매일 생방송을 하는 제작진 입장에서는 그게 최선이고 섭외는 이래저래 늘 쉽지 않다.

방송을 하고 싶다고 적극적으로 프로필을 보내고 연락해오는 분들도 있고, 추천할 사람이 있다고 연락을 주는 분들도 있다. 그렇지만 역시 나나 제작진이 직접 찾고 수소문해서 발굴했을 때 가장 좋은 연사를 만난다. 추천은 가장 신뢰하는 전문가들을 통해서만 받는다. 그래야 리스크를 최소화할 수 있다.

내가 발굴해서 방송을 처음 시작한 분들 중에 좋은 전문가들이 많았다. 이분들 중에 진짜 실력자들은 꾸준히 방송 활동을 하고, 서로의 성장을 바라보면서 좋은 친구가 되기도 했다. 사회에서, 더욱이 방송계에서 좋은 사람을 만나 오랫동안 인연을 이어가기가 쉽지 않다. 하지만 감사하게도 나에게는 그런 각별한 지인들이 많이 생겼다. 가끔 밥 먹자고 불러주셔서 밥도 먹고, SNS에서 평범한 일상들을 들여다보면서 일을 떠나 좋은 동료로 지낸다. 분초를 다투며 치열하게 앞만 보고 지나왔는데, 세월이 가고 어느 순간 돌아보니 내 주변에 많은 사람들이 함께하고 있었다. 가장 큰 보람이자 감사함이다.

이제 경제 분야가 아니라 좀 더 다양한 분야로 확대해서 새로운 사람들을 사귀고 활발히 교류하며 살아가려고 한다. 좋은 사람을 많이 만나고 그것이 자산이 되니, 더더욱 사람 욕심이 난다. 사람 때문에 가장 힘들면서, 사람에게서 위로와 격려를 받고, 사람 덕분에 살아간다. 결국 방송 일도 사람 사는 곳이다.

Part 2.

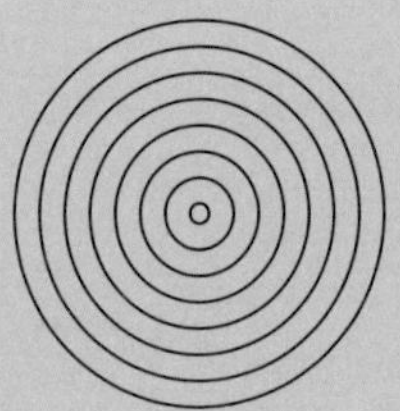

혼자여서 괜찮은 시간

삶은 때로 먼 길을 원한다

나는 초등학생 때부터 드라마광이었다. 단막극을 좋아해도 너무 좋아했다. KBS 〈드라마게임〉, MBC 〈베스트극장〉을 매주 빼놓지 않고 봤다. 초등학생 때 할머니와 같이 방을 썼는데, 밤 늦게 하는 〈드라마게임〉을 본다고 늘 야단을 맞았다. 중고등학교 때도 마찬가지였다. 내 가장 큰 행복은 드라마 시청. 책을 읽는 것만큼이나 큰 행복이었다. 나에게 당대 최고의 스타는 〈드라마게임〉의 단골 여주인공 금보라 씨였고, 유준상, 추상미 씨가 출연한 〈베스트극장〉의 〈네발 자전거〉는 지금까지도 생생하게 기억날 만큼 좋아했다. 잡지사 일을 하면서 추상미 씨 인터뷰를 가게 되었을 때도 너무 반가운 마음에 〈네발 자전거〉 얘기부터 꺼냈다.

지금 생각해보면 그 어린 나이에 나는 드라마를 보면서 무슨 생각을 했던 걸까. 내가 경험하지 못한 어른들의 이야기가 난 왜 그렇게 재밌었을까? 그냥 이야기를 보고 듣고 만드는 것을 좋아했던 것 같다.

초등학교 고학년 시절을 가장 친하게 보낸 친구와 하교 후 서로 집을 데려다주면서 우린 즉흥적인 옛날이야기를 만들어 서로에게 들려주곤 했다. 내가 친구를 집에 데려다주겠다며 떠오르는 대로 이야기를 만들어 들려주다가, 친구 집에 도착하도록 그 이야기가 끝나지 않고 흥미진진해지면, 친구가 다시 나를 집에 데려다주고, 우린 매일 몇 차례씩 서로의 집에 데려다주기를 반복하며 한없이 즐거웠다.

그런 나에게 친구가 말했다. "넌 드라마 작가 해야겠다."

나는 드라마 작가라는 직업이 있다는 것을 그 친구의 말을 듣고 처음 알았다. 그냥 드라마라는 게 방송국에서 꾹 찍어내는 완제품처럼 여겨졌을 뿐, 그 이전까지 그걸 누가 어떻게 조리해서 내놓는지에 대해서는 생각해보지도 않았다. 그렇게 재미있는 이야기를 만들어낼 수 있는 드라마 작가라는 직업이 있다는 것을 알게 된 그날부터 내 꿈은 오래도록 한결같이 드라마 작가였다. 그래서 온갖 경험을 마다하지 않았고, 고생도 가난도 이혼도 드라마 작가가 되기 위해 다 필요한 삶의 경험이라고 생각했다.

대학을 다니던 때 〈종합병원〉이란 드라마가 한창 인기를 끌었다. 그 드라마를 보던 나는 마침 여의도 성모병원에서 간호조무사를 구인한다는 소식을 듣고서 무턱대고 지원을 해버렸다. 간호조무사 공부를 한 것도 아닌데, 공부 삼아 종합병원을 경험해보고 싶다는 생각 때문이었다. 무조건 이력서를 들고 찾아가 다짜고짜 일하게 해달라고 부탁을 드렸다. 드라마 작가가 되기 위해 경험을 쌓고 싶다고. 간호과장님은 그런 나를 기특하게 여기시고 암 병동을 한 번 경험해보라며 일을 시키셨다. 일주일 동안 내가 한 일은 피에 젖은 시트를 교체하는 일, 간호사들의 심부름하는 일이 전부였지만, 오며 가며 3교대로 돌아가는 병동 생활과 암 병동 환자와 가족들의 아픔을 아주 잠깐이지만 들여다볼 수 있는 의미 있는 시간이었다.

하지만 라디오와 TV 일을 시작하고, 잡지사 자유기고가 일을 병행하면서 눈앞에 펼쳐진 일에 급급하다 보니 그런 열정을 들인 드라마 쓰기는 늘 뒷전으로 밀려났다. 그러다가 29살쯤 KBS 단막극 공모에 겨우 지원을 해서 1차까지 합격했다. 거기까지였다. 노력다운 노력을 했던 게….

내가 좀 더 일을 줄이고 드라마 쓰기에 몰두했다면 어땠을까? 난 드라마 작가가 될 수 있었을까? 그 직후로는 내 인생에 많은 일이 벌어졌고, 하고 있던 방송 일들의 강도도 만만치 않아서 매번 공모전을 준비하다가 포기하기 일쑤였다.

공모전에 16부작 미니시리즈를 내보기 위해 몇 번 시도를 해보긴 했는데, 매일 출퇴근하고 다른 일을 하느라 바쁘게 지내고 나면 이야기와 캐릭터 그 모든 것을 이어가기 역부족이었다. 막장 드라마도 아무나 쓰는 게 결코 아니라는 큰 깨달음을 얻고 나서 난 더 겸손한 마음으로 드라마 작가님들을 존경하기로 했다. 그렇게 드라마 작가의 꿈과 작별했지만, 어린 시절부터 오래도록 하고 싶은 일이 있었다는 것은 늘 나에게 도전 의식과 의욕을 불어넣어주는 동기 부여가 됐다.

"넌 하고 싶은 일이 있어서 참 좋겠다." 친구들이 늘 나에게 하던 말이었다. 하고 싶은 게 있다는 것, 꿈이 있다는 것만으로도 부러움의 대상이 됐다. 그걸 찾지 못해서 다들 방황하고, 목표가 없는 공부를 하고 있었으니까.

더 이상 난 드라마를 보지 않는다. 드라마를 보지 않으니 자연히 드라마 작가의 꿈은 더 멀어졌다. 좀처럼 드라마를 볼 여유가 없어졌다. 한 번 보기 시작하면 16부작인 경우가 대부분인데, 꽂히는 드라마는 다시보기 무한 반복으로 일상이 피폐해질 지경이 됐다. 〈응답

하라 1988〉, 〈내 이름은 김삼순〉, 〈시크릿 가든〉은 대체 몇 번을 봤는지 모르겠다. 제대로 빠진 드라마의 열병이 너무 깊어서 거리를 두기 시작한 것이 어느 순간 자연스럽게 TV를 안 켜는 삶으로 정착되었다. 어쩌다 입소문이 난 드라마를 볼까 싶다가도 쉽게 재미를 느끼지 못했다. 크면서 식습관이 달라지고, 여러 가지 취향이 달라지는 것처럼 자연스럽게 생긴 변화 같기도 했다.

살아보니 꼭 오래 만난 사람이 인연인 것은 아니듯, 오랫동안 꾼 꿈이 내 업인 것도 아니었다. 어느 날 갑자기 운명 같은 사람을 만나 사랑을 하기도 하고, 새로운 일에 흥미를 느끼고 전에 몰랐던 세상을 살아가기도 한다. 드라마 작가가 못 되었다고 해서 미련이 남거나 아쉽기보다는 상상도 해본 적 없던 경제라는 분야의 전문 작가가 되어 있다는 것이 참 흥미롭고 신기하다. 인생은 정말 알 수 없는 일들로 가득하다. 아무리 절실하게 원해도 절대 주어지지 않는 것이 있고, 생각지 못했던 일들을 하고 있기도 하다.

영화 〈라라랜드〉에서 오디션이 끝난 미아에게 세바스찬은 "흐르는 대로 가보자."라고 한다. 꿈도 인생도 그저 흐르는 대로 흐름을 타고 나아가는 일. 거기에 몸과 마음을 맡기고 유연하게 살아가는 것이 현명한 삶이란 생각이 든다. 못 이룬 사랑, 못 이룬 일에 대한 집

착을 내려놓으면 새로운 기회가 보이고, 그것이 주는 신선한 기쁨과 즐거움도 찾아든다.

또 아는가. 어느 날 갑자기 드라마를 쓸 일이 생기게 될지…. 영화 〈접속〉에서 동현(한석규)은 "삶은 때로 먼 길을 원한다."고 말한다. 그것도 좋을 것 같다. 늘 가장 빠른 길을 찾아 남보다 앞서가려 했지만, 오히려 더 느린 삶이 돼버렸다. 이제 여유를 갖고 내가 하는 일, 나에게 오는 모든 기회를 즐기면서 사는 게 행복임을 깨닫게 됐다.

나를 아는 데 걸리는 시간

살다 보니 인생에 대해 늘 풀리지 않는 의문이 생겼다.

"나는 어떤 존재일까?"

"왜 행복하지 않을까?"

"대체 내가 원하는 건 무엇일까?"

이런 질문들을 왜 이제야 던지고 있는지, 왜 아직도 답을 찾지 못하고 사는지 나 자신에게 답답한 마음이 들었다. 신이 나에게 주신 모든 것, 내 삶에 감사하면서도 사는 게 힘들게 느껴졌다. 애쓰고 살았는데 원하는 대로 인생이 풀리지 않았고, 그럴 때마다 어떻게 해야 할지 막막하기만 했다. 긍정적이고 낙관적인 성격으로 고비고비를 잘 넘기며 살다가도 어느 순간에는 한없이 무너지는 마음. 중년이 되고 나니 그런 마음이 감기처럼 잦아질까 걱정됐다.

"어떻게 살고 싶은 걸까?"

"삶의 안정감은 어디에서 오는 걸까?"

생각해보면 이런 질문을 진지하게 던져본 적도 없이 살아왔다.

어느 날 배우 윤여정 씨가 "모든 것을 내 탓으로 돌려야 모든 게 설명된다."라고 한 말에 무척 공감했다. 세상 탓, 누구의 탓을 한다고 해도 소용없는 일. 그동안 살아온 결과물과 현재의 모습들에 대해 이해할 수 없을 때, 내 부족함부터 인정하면 모든 게 설명되었다.

그렇다면 그 부족함은 어디서부터가 문제였을까? 나란 사람에 대해 너무 몰랐고 무관심했고 나를 사랑할 줄 몰랐던 데 있었다는 생각이 들었다. 늘 남을 사랑하라고 배운 덕에 어떻게 양보하고 배려해야 하는지는 잘 알고 있지만, 정작 나를 사랑하는 방법은 제대로 배워본 적이 없었다.

나는 늘 나보다 상대에게 맞춰주는 게 편했고, 나의 행복을 타인을 통해 느낄 때가 많았다. 내가 주는 게 받는 것보다 훨씬 즐거웠고, 줌으로써 내 존재감을 과시하고 인정받고 싶은 욕구도 컸던 것 같다.

그런데 내 진심이 누군가에게는 당연시되고, 누군가는 받은 만큼 계산하려 들고, 누군가는 비웃는 것 같고…. 모든 게 내 맘 같지 않았다. 어느 날 남들에게 잘

해주는 내 모습을 보며 지인이 한 말은 충격이었다. "너 노예 근성 있니?"

더 이상 주는 것이 행복하고 기쁘지만도 않았다. 언제부턴가 '나는 왜 이렇게 소모되면서 실속 없는 삶을 살아가고 있을까? 이게 내가 원한 삶인가?' 하고 끝없이 나와 대화를 나누다 보니 정말 이건 아니라는 생각이 들었다. 나는 왜 나로서 제대로 사랑받지 못하고, 행복을 모르고 살아가는지 화가 나기도 했다.

이제부터 나는 어떻게 살아가고 싶은지, 어떻게 살아가야 행복할지, 어떻게 날 사랑할 수 있는지 그 답을 찾아가면서 살아야겠다는 단호한 마음이 뒤늦게 찾아들기 시작했다. 이제라도 내가 날 사랑하기로 했다. 그러기 위해 나의 정체성 찾기에 나섰다.

"마흔 중반을 넘기는 나이에 정체성 찾기? 너 영화를 너무 많이 보더라." 주변의 이런 반응도 당연하긴 하다. 사춘기 때부터 고민했을 정체성 찾기를 아직까지 해야 한다니. 하지만 나이를 많이 먹었다고 해서 모두 철들고 성숙하게 살아가는 것이 아니듯, 정체성은 생물학적인 나이와 무관한 개개인의 문제다. 우연히 읽은 〈세상에서 가장 느린 것들〉이란 시를 보면서 마지막 한 줄에 '큭' 웃음과 함께 그냥 나를 읽은 듯했다.

세상에서 가장 느린 것들

미워하는 사람이
좋아지는데 걸리는 시간

사랑하는 연인이
타고 오는 전철

엘리베이터 문 닫히기를
기다리는 3초

주문한 음식 기다리는 시간

용서하는 시간

월급날
그리고

나 자신을 아는 데 걸리는 시간

나를 아는 데 얼마나 많은 시간이 걸릴 지 모르지만

죽기 전에 정체성을 찾고 좀 더 완성된 내가 되었으면 좋겠다. 서툴고 부족해서 겪었던 인생의 많은 불운과 시행착오들이 결코 회한으로 남지 않는 삶. 미완성일지라도 묘비에 "죽는 날까지 열심히 부끄럽지 않게 살았다." 정도는 새길 수 있는 삶. 그 정도면 의미가 있을 것 같다.

그래서 중년 한복판에 접어든 지금, 나는 많이 고민하고 많이 변화하는 삶을 살아간다. 매일 거울을 보면서 얼굴에 나타나는 주름살만 볼 게 아니라 내 마음이 어떤 상태인지, 나에게 소홀한 부분은 없는지 마음을 비춰보려고 한다.

어차피 인생은 마음처럼 되는 게 아니었다. 원하는 대로 끌고 가려고 해도 결코 원하는 방향대로 따라오지 않는다. 어쩌면 평생 원하는 답을 구하지 못하고 살아갈 수 있다. 하지만 나조차 나에게 소홀하던 때와 지금은 다르고, 내 마음이 변하기 시작하면서 삶의 많은 부분들이 분명 조금씩 바뀌고 있다.

"나이를 한참 먹다가 생각한 것인데 원래 삶은 마음처럼 되는 것이 아니겠더라고요. 다만 점점 내 마음에 들어가는 것이겠지요."

박준 시인이 《운다고 달라지는 일은 아무것도 없겠지만》에서 말했듯 인생은 원래 뜻대로 되는 것이 아니지만, 상황이 좋아지든 내가 마음을 고쳐먹든 더 나아질 가능성은 있어 보인다. 혼자 살아가면서 나이를 먹고 늙는다는 건 서글픈 일일 수 있지만, 내가 삶을 주도하면서 적극적으로 살아갈 때 나이도 잊게 된다. 서른 살 때보다 마흔 살에 더 행복해졌고, 마흔 살보다 쉰 살에 더 행복해질 수 있음을 믿는다. 내가 원하는 것을 찾아가면서 실천하고 변화해가는 과정이 앞으로 더 기대된다.

배우자가 있는 사람들은 서로를 더 위하는 마음으로 살겠지만, 나는 그런 인생과 미련 없이 작별했다. 나는 나와 평생 살아가야 하기에 나를 더 소중하게 여겨야 함을 느낀다. 누구보다 나의 행복을 추구하고, 나부터 돌보는 것. 그것이 결국 부모, 형제들에게도 행복을 주는 일이 되고, 주변 누구에게나 따뜻하고 다정한 이웃이 되는 일이었다. 나를 사랑하면 내 안에 더 큰 사랑이 생긴다. 나에 대한 존엄이 결국 "나는 행복할까?"에 대한 답을 내려줄 거라 믿는다. "나는 반드시 행복해지겠다!"

신호 대기 중

강남 한복판 교차로에서 한참을 서있었다.
사람들이 몇 번의 길을 건너는 동안
나만 제자리에서 갈 길을 잃고
목적지도 잃고
방황하는 눈빛만 남긴 채로.

살면서 풀어야 할 숙제들 중에
가장 풀기 어려운 '나'라는 숙제.

하는 일이 뜻대로 안 풀리고
누군가와 진심을 나누기 힘들고
살아갈 날들이 무겁게 내려앉는 날

그럴 때 가끔 점집에 갔다.

속 시원한 답을 내줄 것 같아서.
실낱 같은 희망이라도 생길 것 같아서.
용기 낼 방법이 있을 것 같아서.
나에 대한 공식을 알려줄 것만 같아서.

하지만 점쟁이도 내 미래를 모른다.
다 내 선택이라고 한다.
운명은 내가 만드는 것.
철저히 나 혼자만의 몫.

'나'라는 숙제는 풀어도 풀어도 어렵지만
덮어버릴 수 없기에.
미룰 수 없기에.
뭐라도 해야겠기에.

강남 한복판에서 길 잃고 오늘도 든 생각.
시간이 기다려주겠지?
나의 방황을….
나의 계절을….

바람이 다정하게 내 어깨 위를 지나간다.

개인의 시대, 나 혼자 논다

혼자 밥을 먹고,
혼자 영화를 보고,
혼자 여행을 가고….

아주 오랫동안 내 삶은 혼자에 익숙했다. 어릴 때부터 바쁜 부모님을 대신해 뭐든 혼자 알아서 하고, 동생들까지 챙기면서 지나치게 독립심이 강해졌다. 고등학생 때부터 아르바이트를 시작했다. 학교 내에서 자판기 청소를 하면 한 학기 등록금이 면제됐는데, 부모님께 그런 도움이라도 드리고자 치열한 경쟁 속에 기회를 얻었다. 친구들이 하교한 후 나는 홀로 남아 자판기 청소를 하고 집으로 돌아갔다. 아르바이트 생활은 대학 때에도 줄곧 이어졌고 혼자 다니는 건 꽤 익숙한 생활이었다.

방송 작가라는 직업도 혼자가 최적화된 일이다. 어느 방송사에서 일을 해도 프리랜서이기 때문에 부장님이 자장면 먹자면 먹고, 등산 가자면 가고 그런 집단 조직 생활에 끌려다닐 필요가 거의 없었다. 그야말로 사회생활까지 타인과 조직으로부터 비교적 자유로운 개인 중심의 삶으로만 살아왔다.

그런 개인주의적 삶은 장점도 되고 단점도 됐다. 장점은 역시 무슨 일이든 스스로 알아서 하고, 누구에게 의지하거나 아쉬운 소리를 하지 않아도 된다는 것. 그래서 남에게 폐를 끼치지도 않지만, 남이 나를 성가시게 하는 것도 싫었다. 또 성격상 하나를 받으면 하나를 돌려주거나 더 줘야 직성이 풀리는 성격이라서 개인주의자지만 남에게 좀 더 득이 되는 일을 하는 편이었다.

그런 장점은 고스란히 단점도 됐다. 싫은 일은 절대 하기 싫고, 싫은 사람은 절대 보기 싫고, 남의 일에 대해 대체로 관심이 없다. 그런데 사회생활을 하면서 싫은 일이라고 안 할 수도 없고, 싫은 사람이라고 다 피할 수도 없고, 남의 일에 지나치게 무심한 것도 때론 문제였다.

'집단'과 '우리'가 강조되는 분위기에서 나같이 개인주의적 성향이 강하면 마치 이기주의처럼 취급되거나 비난받을 만한 일이 되는 것 같았다. 학교, 군대 등 조직에서 길들여진 뿌리 깊은 집단의식 속에 개인주의는 좀처럼 존중받기 어려워 보였다.

그런데 코로나 19 이후 비대면 사회로 전환되자 자연스럽게 혼자 지내는 삶이 요구되었다. 이제는 모두와 거리를 두고 혼자 밥 먹고, 혼자 다니라고 하는 세상. 혼자 영화 보고 혼자 술 먹는 것이 어색했던 사람들도 혼자 노는 재미가 뭔지 알아가기 시작했다.

굳이 누군가가 필요치 않은 삶으로의 큰 변화. 늘 타인과 조직으로부터 비교적 자유로웠던 나에겐 굳이 적응할 것도 없는 내 생활 자체다. 보통 혼자 고깃집 갈 용기는 내기 어렵다고들 하는데 나는 아무렇지도 않게 가서 고기를 2인분 시킨다. 그리고 혼자 2인분을 다 구워 먹는다. 난 그 시간이 아주 편안하고 만족스럽다. 혼자의 시간을 맘껏 즐긴다. 생각보다 남의 시선에서 자유롭게 혼자를 누리지 못하는 사람들이 많다. 이제 이런 시선과 분위기도 점차 사라지고 혼자 고깃집 가는 일도 점차 자연스러워질 것이다. 원하든 원하지 않든 우리는 앞으로 타인과 조금 더 거리를 두고 살아가게 될 것이다. 남보다 나를 좀 더 중심에 두고 원하는 것들을 선택할 수 있게 되고, 집단과 우리 속에 밀려났던 개인들이 자기 행복을 추구하는 데 조금 더 적극적으로 변할 것이다. 혼자인 삶이 사회와 타인의 시선으로부터 조금 더 자유로워질 것이다.

누군가에게 나의 행복을 의존하면 즐길 수 있는 세상에 한계가 있다. 어느 날 누가 운전을 해줘야 교외 드라이브라도 간다는 사람에게 직접 운전을 하지 그러냐고 했더니 운전에 자신이 없다고 했다. 그럼 그 사람이 즐길 수 있는 세상은 딱 누군가 데려다주는 범위까지다. 누군가가 나를 내가 원하는 곳으로 데려다주지 않으면 서운하고 외로워지는 감정도 느껴야 한다. 하지만 스스로 할 줄 아는 게 많아지면 즐길 수 있는 세상이 그만큼 넓어진다.

인생은 결국 혼자 사는 것이다. 혼자 있어도 외롭고, 누군가 있어도 외롭긴 마찬가지다. 그래서 누군가 곁에 있어도 독립된 내가 중요하다. 사람들로부터 거리를 두고 홀로 서있어도 흔들림 없는 내 삶을 살 수 있어야 행복해진다. 남의 시선에서 좀 더 자유로워져야 더 인생을 즐길 수 있다.

나는 혼자를 즐기면서 훨씬 더 자유롭고 더 행복하다. 내 세상은 나로 인해 계속해서 넓어지고 있다.

어느 여행길 위에서

언제부턴가 여행을 가면
길 한복판에서
골목길 끝을 바라보고 서있곤 한다.
내 인생의 길을 돌아보고,
어떤 길을 가야 할지 고민하기도 하는
길 한복판.

가끔 이 길의 끝이 궁금해진다.
넓고 반듯한 길에서부터
후미진 뒷골목까지 펼쳐진
만 갈래의 길에서 내가 한 선택.
그 끝엔 무엇이 있을까?
오늘 걸었던 길은 어떤 의미였나?
일상을 벗어나 뜨거운 아스팔트 길을

한없이 걸었던 하루.
초행길에서 온갖 해프닝을 겪고
막막했던 하루.
그렇게 또 지나간다.

한참 잘 온 것 같은 길이라도,
확신했던 길이라도,
살아보면 이 길이 아닐 때가 많다.
어느 순간 길을 잃고 헤매거나 방황하고,
지레 뒷걸음질하는 날도 있다.
길 위에선 언제 누구를 만날지,
어떤 일이 벌어질지도 알 수 없다.
때론 막다른 길, 낭떠러지를 맞닥뜨리는
위기의 순간을 맞을 수도 있다.
우린 늘 어떤 선택의 기로에 서고,
그 선택이 잘못된 일은 수없이 많다.

그렇다고 길이 끝나는 것은 아니다.
지나친 자책과 후회로
정말 그 길을 끝내는 것은
그래도 열심히 걸어온
내 의지와 신념과 노력,
굳은살 박히고 물집 잡힌

두 발에 너무 미안한 일이다.
돌이킬 수 없는 일이라도
돌아갈 길은 있다.
적어도 누군가 직접 벼랑 끝으로
날 밀어 넣는 것만 아니라면….
다시 돌아가서 방향을 잡고
새로운 길을 내면 될 일이다.
끝은 정말 끝이다.
싸울 대상이 있다면 싸우고,
이겨야 할 싸움은 반드시 이겨내면서
이를 악물고 살아야 하는 이유다.

좁은 골목길을 들여다보면
왠지 그늘진 사람들이 보인다.
지금 이 순간에도 빠져나가기 힘든
좁고 답답한 터널을 지나는 많은 인생들,
나 역시 무관할 수 없다.
그래도 살아있다는 것은 의미가 있다.
지금은 뒷골목 초라한 모습일지라도….
누군가에게 상처받고 외롭더라도….
세상이 날 왜곡하고 비난하더라도….
수없이 무릎이 꺾이고 마음이 무너지더라도….
볼품없는 물건을 치장하고

뒷골목도 환해지도록
화분이라도 내놓고 정성껏 물 주며
내 삶을 끝까지 아껴 살아나가는
오늘이어야만 할 것이다.
모든 것에 끝은 있다.
단, 내 의지로 태어난 것이 아니듯,
그 끝도
신의 섭리로 자연의 순리로
돌아갈 수 있길….
오늘도 묵묵히 걸어나갈 수 있길….

지상에 짓고 싶은 내 집 한 칸

세상에 꼭 집 한 채만 지을 수 있다면, 나는 제주도 남쪽 바닷가에 영화 〈건축학개론〉에 나오는 '서연의 집' 같은 집을 짓고 싶다. "자기가 살고 있는 곳에 애정을 가지고 이해하는 것. 그것이 건축학개론이다."라는 영화 속 대사처럼 각별한 애정을 깃들여 지은 그런 집이면 좋겠다. 강남 수십억 원대 아파트나 한강 뷰 고층 아파트, 강아지도 달리다 미끄러지는 대리석 깔린 집이 별로 부럽지 않은 이유도 그 때문이다.

'집안에서 망망대해를 바라보며 살아가는 기분은 어떨까? 남쪽에서 해풍이 불어오고 쏟아지는 햇살을 받으면서 커피를 끓이고 책을 펼치는 그 기분.'

집에서 그런 감상을 즐기고 살 수 있으면 얼마나 좋을까. 상상만으로도 큰 부자가 된 기분이 든다.

집 한 채만 잘 사면 보통 사람들이 몇십 년간 일해도 모을 수 없는 돈을 한순간에 번다. 아파트 청약만 당첨되면 로또 당첨된 거나 마찬가지다. 부모가 전세라도 하나 마련해주면 인생의 출발선이 달라지고 삶의 질이 달라진다. 현실에서 집을 두고 벌어지는 일들과 삶의 격차는 정말 서글픔을 준다.

노력해서 집을 살 수 있었던 세상은 그래도 참 좋은 시절이었다. 우리 집도 내가 10살 되던 해에 조그만 집을 샀다. 아빠가 2년간 쿠웨이트에 나가서 외화벌이를 해오신 다음에야 집 장만을 할 수 있었다. 그전까지 부모님은 애 셋을 데리고 셋집을 전전하느라 참 고생도 많이 하시고 서러움도 겪으셨다. 그러다 마침내 장만한 우리 집은 눈치 주는 집주인과 장난치며 괴롭히던 집주인 아들이 없어서 참 좋았다. 우리만의 세상을 가진 것처럼 신나던 삶의 변화. 부모님의 고생으로 처음 장만한 우리 집에서 누렸던 기쁨과 추억이 아련하게 떠오른다. 그 시절 내 집 장만의 추억에는 다 그런 감동이 있었다.

지금은 열심히 일해서 10년, 20년을 모아도 서울에 집 한 칸을 마련하기 힘들다. 은행 대출로 집을 사서 대출금만큼 집값이 올라주길 바라거나, 장기적으로 대출금을 갚으며 살아가는 것밖에 방법이 없다. 문제는 최대한 대출 많이 받아서 집을 사는 것조차 나에겐 꿈 같은 일이라는 것이다. 프리랜서라는 직업을 갖고 살아가는 싱글 여성에게 은행 문턱은 너무 높다. MBC에서 일을 하든 KBS에서 일을 하든 현재 얼마를 벌든 결국 프리랜서이기 때문에 은행은 나에게 마이너스통장 하나 만들어주지 않는다. 그러니 나 같은 사람은 어떻게 집을 마련해야 하는 걸까?

당장 내 집 마련은 요원하지만, 그래도 나는 내 삶이 그런 것에 지배당하지 않고 행복했으면 좋겠다. '불안은 영혼을 잠식한다.'라는 말처럼 취약한 심리에 지배당하지 않는 자가 진짜 승자다.

혼자 살아도 집은 필요하다. 집에 대한 가치와 기준이 다를 뿐이다. 난 집에 대한 나만의 기준과 설계도를 잘 만들면서 나에게 맞는 집을 찾아나갈 것이다. 살면서 언제나 내게 우호적이기만 한 환경은 없었다. 그렇다고 포기하기보다는 계속해서 꿈꾸고 싶다.

지상에 마련하고 싶은 내 집 한 채. 언젠가 남쪽 바다를 품고 살 수 있는 나의 집에서 평온한 노후를 살아가고 싶다. 가장 좋은 자리에 서재를 만들고, 책 읽는 즐거움으로, 평생 글 쓰는 작가로 살아가고 싶다. 친구들을 자주 초대하고 자연을 벗 삼아 살아가고 싶다. 내가 이루고 싶은 부는 강남 아파트 한 채가 아니라, 내가 추구하는 가치에 맞고 사람 사는 행복이 있는 그런 집이다. 그래서 부동산 시장에 그 무슨 일이 일어나도 비교적 초연하다. 나는 열심히 일해서 차곡차곡 내 집 장만의 꿈을 이뤄가리라. 비록 지금은 먼 꿈이지만 내 꿈을 포기하지 않겠다.

나만의 빛과 향이 있는 삶

나는 조금은 예민하고 까다로운 사람에 속한다. 감수성이 예민해서 글을 쓰고, 글을 쓰니 감수성이 예민해진다. 그런데 예민한 감수성 때문에 어릴 때부터 야단을 맞았다. "난 지금 말을 안 하고 싶을 뿐인데, 방해받고 싶지 않은 것뿐인데…." 엄마는 그런 나를 이해하지 못했고, 성격 이상하고 고집 세고 피곤한 애라고 취급할 때가 많았다.

영화 〈작은 아씨들〉에서 자아가 강한 조에게 조의 엄마가 들려주는 이야기가 있다.

"어떤 천성들은 억누르기에는 너무 고결하고, 굽히기엔 너무 드높단다."

저마다의 개성과 있는 그대로의 모습을 다독이는 엄마의 한마디가 몹시 감동적이어서 울컥했다. 그렇게 듣고 싶었던 한마디를 조의 엄마로부터 듣게 됐다.

나를 사랑한다고 했던 남자들도 내가 작가여서 좋은데, 센티멘털해지고 감수성이 예민한 건 싫어했다. 일은 일이고, 자신을 대할 때는 늘 밝고 편안한 모습만 보여주기를 바랐다. 아무 일도 없지만 그냥 말을 하고 싶지 않은 날, 혼자만의 시간에 몰입하고 싶은 날…. 그냥 잠시만 내버려두면 참 좋겠는데,

"무슨 일 있니?"

"아니, 없어."

"무슨 일 있는 것 같은데."

"아니, 없다고."

"기분이 안 좋은 것 같은데."

"그런 거 아냐. 그냥 조용히 있고 싶어서…."

"내가 뭐 잘못했어? 말을 해야 알지."

이런 피곤한 상황이 되풀이될 때마다 나는 최소한의 이해도 못 받고 사는 것 같아서 결국 화가 났다. 기분과 감정마저 통제받고 의무감을 느껴야 하는 것만 같았다. 그냥 서로를 풍경처럼 바라봐주고, 지나가는 날씨처럼 봐주는 것. 이게 그렇게 어려운 일인지…. 이해받지 못한다는 느낌을 받을 때면 한없이 서글퍼지곤 했다. '난 뭐가 그렇게 부족해서 내가 가진 모습을 이해받지 못하는 걸까? 나의 단점마저 장점으로 봐주는 사

람은 없는 걸까?' 하고 다 품어줄 수 있는 사람을 만나고 싶다는 생각도 들었다.

그러다가 캔들을 만들면서 감당하기 힘든 예민함을 맞닥뜨렸다. 똑같은 온도와 습도에서 작업을 하는데, 완성된 캔들의 모양이 저마다 달랐다. 가열된 왁스를 동시에 용기에 나눠 담았을 뿐인데, 겉표면이 제각각 울퉁불퉁, 어떤 것은 속이 뻥 뚫려있는 일명 '터널링' 현상이 나타나고, 겨울철엔 유리 용기에 얼룩덜룩해 보이는 일명 '웻스팟' 현상이 나타났다. 똑같은 재료를 똑같은 환경에서 똑같은 용량으로 담았는데 결과물이 다른 상황을 도무지 이해하기가 어려웠다.

그러다 서서히 깨닫고 받아들였다. 그냥 자연스러운 현상이라는 것을…. 자연의 일이라는 것을….

온도와 습도에 예민한 소이왁스가 가진 원래의 성질일 뿐이며, 어떤 오일과 어떤 염료를 만나는지에 따라 모양은 더 달라졌다. 예쁘게 마무리가 되지 않아도 어느 하나 불량인 것은 없었다. 단, 저마다 내 손길을 들여 예쁘게 완성시켜주는 방법이 있었다.

사람도 저마다 타고난 성질이 있고, 누굴 만나느냐, 얼마나 사랑받느냐에 따라 모습도 삶도 평가도 달라진다. 어떤 사람을 만나면 더 예뻐지고 더 많은 장점이 생기고 어떤 사람을 만나면 그것이 모두 단점이 되기도 하듯, 남들과 다르다고 내가 불량인 것은 아니었다.

소이캔들에 불을 밝히고 바라보고 있으면 연민의 마음이 들기도 한다. 예민해 보여도 그 속에 담긴 착한 식물 재료와 그것이 만들어내는 아름다운 빛과 향. 그 진정성을 이해받고, 조금 더 인정받을 수 있다면 얼마나 좋을까.

세상에 같은 사람은 단 한 명도 없다. 저마다의 모습으로 태어나 저마다의 개성으로 살아간다. 그런 개개인은 모두 존중받아야 한다. 왜 남들과 같지 않냐는 질문이나 질책은 틀렸다. 우리는 저마다의 빛과 향을 가진 '서로 다른 아름다움'이다.

그리하여 저마다의 할 일은 아낌없이 자신을 태워서 더 아름답게 더 향기롭게 살아가는 것이다. 나만의 빛과 향으로 따뜻함을 줄 수 있는 그런 삶을 살아가고 싶다. 어떻게 태어나고 어떤 성질을 가지고 있든 그건 '자연의 일'이다.

인생의 정원을 가꾸듯

세계적인 동화작가, 정원 할머니 타샤 튜더.
그녀의 다큐멘터리 한 편을 보면서
내가 혼자 할머니가 되면 어떻게 살아갈까에 대한
답을 얻었다.

그림을 그리고, 정원을 가꾸며, 세계명작을 읽고,
로맨스 소설을 쓰며, 캔들을 만드는 타샤의 삶은
내가 꿈꿨던, 완벽하게 내 미래였으면 하는 모습이다.

그녀의 삶은 자급자족 그 자체다.
그것이 가난해 보이기보다
풍요로워 보이는 특별함이 있다.
손수 만든 선물을 주변에 나누고,
식사 초로 쓰이는 테파 캔들을 만들고,

자신만의 전통 레시피로 요리하고,
꽃꽂이를 해서 부엌 창가에 올린다.
보기만 해도 아름답고 소소한 행복감이 밀려든다.

다큐멘터리 촬영 당시, 아흔 살의 나이에
그녀는 "지금이 가장 행복하다."라고 말한다.
우린 그 나이에 과연 "지금이 가장 행복하다."라고
말할 수 있을까.
생계형 자급자족의 삶으로 귀환해서 살아야 하는
우울한 미래를 맞게 되진 않을까.
대부분의 노후는
늙음을 서글퍼하고 초라하게 여기며
행복은 다 과거의 일로 여기고 살기 마련이라 그런지
그 행복이 참 멀지만 절실하게 소망하게 된다.

어떻게 하면 타샤처럼 살아낼 수 있을까.
타샤는 자신이 가진 것에서
즐거움을 추구하라고 말한다!
인생은 짧으니 즐기라고 말한다!
내면의 소리를 듣고 원하는 삶을 살라고 말한다!
풍요롭고 안락한 것들과는 멀었을 삶을
황무지 같은 땅에서 정원을 가꾸듯
아름답게 가꾸면서 들려주는

삶의 방식과 철학이 담긴 이야기.
갑자기 희미했던 모든 게 분명해 보인다.
"그래도 될까?" 했던 모든 일에서 용기가 난다.

궁핍한 생계형 자급자족이 아닌,
풍요로움을 나눌 수 있는 자급자족의 삶을 꿈꿔 본다.
세상 흐름이 눈부시지만,
나는 나다운 삶의 방식으로
요리를 하고, 책을 쓰고,
정원을 가꾸고, 식사 초를 만들고,
사람들과 둘러앉아 이야기 나누며 살아가고 싶다.

인생이 하나의 정원으로 보인다.
척박했던 땅에 씨를 뿌리고, 생명을 키워내고,
마침내 꽃이 피고 지고,
끊임없이 새로운 계절들을 준비하며 살아가는
우리네 삶.
매 순간 나에게 다가오는 모든 것에 감사하고,
"지금이 가장 행복하다."라고 말할 수 있는
그런 오늘.
늙어가며 할머니가 되더라도
우아한 작약꽃이 만발하는
인생의 정원을 가꿔내고 싶다.

내 모습도 한 송이 꽃이었으면 좋겠다.
언제 낙화하더라도
향기롭고 아름다울 꽃.

자유로움과 나다움으로

경제 프로그램을 하는 것이 아이러니하게도 날 불행하게 만드는 경우가 많았다.

"이번에 산 주식 수익률이 40%야."

"남편이 주식 팔아서 500만 원 주더라. 옷 사 입으라고."

"집값이 두 달 새 1억 올랐어."

"세금이 너무 많이 나와서 애들한테 이참에 한 채씩 증여하려고."

"지금 뭐 사면 좋대? 한 3천 정도 그냥 있는데…."

경제 프로그램을 하다 보니 주변에서 일상적으로 오가는 대화가 재테크, 투자, 돈에 대한 이야기일 때가 많다. 내 현실과는 거리가 먼 금액의 돈 이야기, 투자와 자산, 비즈니스 이야기를 듣다 보면 상대적인 박탈감과 결핍감에서 결코 자유로울 수가 없다.

사람들은 으레 내가 경제 프로그램을 오래 했으니 돈 잘 벌고 재테크도 잘했을 거라 생각하지만 현실은 그렇지 않다. 지금처럼 벌면서 줄곧 나만을 위해 살았더라면 좀 더 나았을까? 그렇다고 생각하지는 않지만, 내가 감당해야 했던 가족 내에서의 삶은 좀처럼 그런 여유를 갖기 힘들었다. 늘 밑 빠진 독에 물 붓는 것처럼 버는 족족 돈이 새나가는 삶. 빚만 없어도 살 것 같았다.

내 현실이 고될 때면 유독 나에게 없는 것들만 생각했다. 든든한 배우자, 잘 키운 아이들, 안정된 부와 보장된 미래. 그 속에서 아무것도 가진 것 없는 나의 결핍감은 커보였다.

내 통장에 잔고가 1만 원도 붙어있기 힘들던 날, 호주에 가서 소고기만 천만 원어치 사 먹고 왔다거나, 시어머니가 티셔츠나 한 장 사 입으라면서 천만 원을 주더라는 등 천만 원을 내 돈 10만 원처럼 얘기하는 사람들 틈에서 엄청난 인플레이션과 생활고를 느껴야 했다. 그렇다고 달달한 멘트 쓰면서 음악 듣는 프로그램을 했으면 덜 불행했을까? 문학을 논했다면 덜 불행했을까? 천재적인 많은 예술가들이 지독한 결핍으로 고독과 우울을 넘어 정신 질환에 시달린 걸 보면 그것도 아니다.

그런데 관점을 바꿔 생각하니 어느 날 주식, 부동산은 없지만 나만의 자산처럼 느껴지는 것이 생겼다. '혼자'만이 누릴 수 있는 '자유'라는 것. 사람들은 현재 자신의 삶에 만족하든 만족하지 않든에 상관없이, 내가 누리는 혼자만의 시간과 자유를 몹시 부러워했다. 떠나고 싶을 때 떠나고, 나 자신을 관리하는 데 투자하고, 자유롭게 사람들을 만나고…. 그런데 이 자유로운 삶이 나에게 없는 다른 결핍감을 채워주는 것이었다. 오히려 그로 인해 돈을 더 쓰고 더 가난해질지언정, 또 다른 에너지를 만들어주는 것이다.

결핍은 나의 성장을 이끄는 가장 강력한 힘이었다. 갖지 못한 것이 많을수록 더 용기 내고 열심히 사는 방법밖에 할 수 있는 게 없다. 어려운 집안 환경이나 부족한 스펙을 탓하면서 아무것도 꿈꾸지 않는다면 아무것도 될 수 없다. 남들보다 현실의 벽이 높다면 더 많이 노력할 수밖에 없다.

할리우드의 콘셉트 디자이너 스티브 정Steve Jung은, "결핍이 나를 열정적으로 일하게 만들었다. 가난 때문에 제약이 너무 많았고, 기회가 충분히 채워지지 않았다. 그러다 보니 내 몸에서 이루고 싶다는 간절함이 넘쳐났다. 결핍이야말로 성장을 가져다주는 가장 센 동력이다."라고 말했다.

결핍은 양면의 모습을 가졌다. 자신의 성장 에너지

로 쓰일 수도 있고, 반대로 콤플렉스와 열패감만 안겨줄 수도 있다. 해보고 싶은 일이 있고 꿈이 간절하다는 것은 참 다행스러운 일이다. 그것이 결핍을 긍정의 에너지로 작용하게 해서 한 계단 한 계단 마침내 원하는 자리까지 올라설 수 있게 했다.

치열한 경쟁 속에 내몰려 살아가는 프리랜서의 삶은 엄청난 생존력을 요구했다. 언제든 치고 올라올 잠재된 경쟁자들이 무수하고, 연차가 많아질수록 대다수는 경쟁력이 떨어지는 게 사실이다. 내가 일을 시작하던 시절 원고지에 글을 쓰던 선배 작가님들을 존경스럽게 바라보면서 방송 작가가 나이와 상관없이 꾸준히 일할 수 있는 직업이라고 굳게 믿었다. 하지만 로봇이 기사도 작성하고 글도 쓰는 세상이 열리면서 '내가 과연 언제까지 이 일을 할 수 있을까?' 하는 고민을 하게 됐다. 자기 경쟁력이 최우선인 프리랜서의 길도 더 이상 연륜과 경륜이 쌓인 만큼 보장되지 않는 일이다. 늘 위기의식과 긴장감 속에 살아가는 일은 항상 충족되기 힘든 결핍감을 안겨주었다.

그런데도 뜻밖의 자산이 이 모든 결핍을 충족시켜준다. 누구의 눈치도 볼 필요 없이 주체적으로 살아가며 혼자 누리는 자유. 선택도 책임도 스스로의 몫, 그래서 욕구가 채워지지 못해도 불만을 갖거나 다른 누군가를 탓할 일이 없다. 결핍은 욕망을 키우지만 내 앞가림을 할 정도의 삶만 되면 더 이상 욕심내지 않고 즐기는 삶을 살 수 있다. 남들이 가진 것에 대한 욕망은 키우지 않는다. 내가 그걸 다 갖는다고 해서 대단히 행복할 거란 생각도 들지 않는다. 그랬으면 얼마든지 다른 선택지를 찾아보겠지만 전혀 바람이 없다. 남의 인생에 대한 관심과 부러움은 그냥 3초 정도 붙잡고 싶은 낯선 이의 향기 정도랄까. 내가 가진 자산, 자유로움 하나가 이제 모든 결핍을 충족시키고도 남는다. 경제 전문 작가로서도 풍요로운 마음을 느낀다. 결핍도 풍요로움을 준다.

단짠단짠 인생

이런저런 생필품을 사러 마트에 나간 길에 유난히 싱싱한 오이가 눈에 들어온다. 5개씩 묶어 2천 원. 이쯤 되면 그냥 썰어 먹든 오이 팩이라도 하든 무조건 사야 한다. 때마침 떨어진 피클 생각도 났다. 피클을 직접 담가 먹곤 하는데, 자주 먹지는 않지만 없으면 꽤 아쉬울 때가 많다. 가끔 입맛이 없을 때면 달콤새콤한 그 맛이 떠오른다. 당장 냉장고에 피클이 없기에 아쉬운 대로 장아찌를 꺼내 먹었던 적이 있는데, 내가 먹고 싶던 피클의 달콤새콤한 맛은 장아찌의 짠맛으로는 제대로 대체되지도 않았다.

피클을 하기로 하니 장 볼 게 더 늘었다. 보통 오이와 무만 넣어 만들지만, 내 피클엔 다양한 야채가 들어간다. 오이와 무 외에도, 파프리카, 양배추, 레몬, 그리고 보라색으로 물들여줄 적채 등을 꼭 넣는다. 피클 하나 만들면서도 내가 원하는 스타일대로 만들어가는 즐거움을 경험한다.

집에 돌아와 베이킹소다를 푼 물에 야채를 담그고, 잠시 이걸 바라보는 습관이 있다. 나는 물 속에 다양한 야채들이 담겨 있는 것을 보면 이상하게 기분이 좋아진다. 일본 영화 〈리틀 포레스트〉를 보는데 은색 양동이에 담긴 토마토와 야채의 색감이 마음을 치유해주는 것 같았다. 건강하고 싱싱한 재료를 보는 것만으로도 함께 건강해지는 느낌이랄까. 기분 전환을 위해 원색의 주방기구를 사용하고, 인테리어를 하는 '컬러 테라피' 효과와 비슷하다.

야채를 깨끗이 씻어서 먹기 좋게 썰어 담으니 양이 상당하다. 오이 5개에 무 1개만으로도 적지 않은 양인데, 나눠 먹을 사람들을 생각하면 이것도 부족할 때가 많다. 달콤새콤한 피클을 만들다 보면 나눠주고 싶은 사람들이 자꾸 생각난다. 피클 맛은 달콤새콤해도 인생사가 그럴 수만은 없어서 단맛 짠맛을 같이 누리며 살아가야 할 단짠단짠 친구들. 내가 만든 피클을 먹고 행복해하는 모습을 떠올리면 나눠주고 싶은 사람들이 셀 수 없이 늘어난다.

야채를 써는 동안 가스레인지 위에는 피클 물이 끓

고 있다. 피클 물은 참 동등하다. 물과 식초와 설탕의 기본 비율이 1:1:1. 단맛을 더 살리고 싶으면 설탕을, 새콤한 맛을 더 살리고 싶으면 식초를 취향대로 더 넣으면 되지만, 비슷한 비율로 만들 때 새콤달콤 최적의 맛을 낸다. 서로 튀지 않고 정도를 지켜도 충분한 그 맛의 균형감이란 왠지 감동이 있다. 우리는 많은 부분에서 동등함보다 차별과 내 이익이 좀 더 앞서는 것을 좇는 삶을 살다 보니, 같이 선을 맞추는 게 왠지 손해 보는 일 같다. '좀 더 잘난 내가 더 주도하고 더 갖는 게 균형인데, 왜 기계적으로 비율을 맞춰야 할까? 그게 왜 최상이라고 생각할까?' 이런 반격이 나오는 세상살이와 반대로 1:1:1의 비율에서 완벽하게 균형 있는 맛을 내는 피클을 만들 때면 괜히 마음이 따뜻해지는 것만 같다.

그래서 요리는 더 따뜻한 정성을 들이고 더 나눔으로써 행복해질 수 있는, 삶의 중요한 의식이 되어야 한다. 단순히 내 허기만 채우고 돌아서면 금세 다시 허기가 진다. 그것을 나누는 즐거움을 같이 누릴 때 또 하나의 소울 푸드가 되고, 식탁에 둘러앉은 모두가 차별 없이 행복해진다.

썰어둔 싱싱한 야채에 펄펄 끓인 피클 물을 붓는다. 빈틈없이 채워져 있는 싱싱함을 뚫고 뜨거움이 스며든다. 아삭한 야채의 성질은 더 단단해진다. 뜨거울수록

간과 맛은 깊이 제대로 밴다. 서로에게 스며들기 위해 더 뜨거워야 한다. 나는 얼마나 뜨겁게 타인들에게 스며들고 있는가? 얼마나 그들을 단단하게 채워주고 있는가? 피클 물을 붓다 말고 나에게 묻는다.

일을 사랑하는 사람

경제 프로그램을 하다 보니 직간접적으로 많은 사업가들을 접한다. 사업가로 성공한 분들을 보면 자기 삶이랄 게 없다. 밤낮으로 사업 궁리뿐이고, 시간과 사람 관리가 철저하다. 어쨌든 참 하나같이 일 중독자들에 치열하게 산다. 그렇게 하니까 성공을 할 수밖에 없다는 게 눈에 보인다.

내가 만났던 사람들도 하나같이 사업을 했는데, 내가 선택한 사람들에겐 그런 노력이 늘 부족해 보였다. 그들은 많이 고민하고 노력한다지만, 내가 밖에서 만난 사업가들에 비하면 너무 의존적이었다. 최선을 다해도 안 되는 것은 누구보다 안타깝지만, 그것이 최선으로 보이지 않아서 미래가 기대되지 않았다. 사업가가 되고 싶은 게 아니라, 그냥 사장님이 되고 싶은 것처럼 보였다. 그들을 더 이해하는 건 내 능력 밖의 일이었다.

전에는 내가 어떤 사람을 좋아하는지 스스로 잘 몰랐지만, 이제는 확실히 알 것 같다. 나는 바쁜 남자가 좋다. 자기 일 열심히 잘하는 사람이 좋다. 그 일을 할 때 가슴 뛰고 설렌다는 사람이 좋다. 내가 사회에서 만나 함께 일하고 있는 사람들은 대체로 그렇다. 자기 일에서 프로 의식이 대단하고, 시간과 사람 관리가 철저하다. 야망과 목표 의식도 뚜렷하고, 얄미울 만치 그 일을 성사시키기 위해 실속 있게 살아간다.

특히 친구로 만나는 한 사업가를 보면서 남자가 일을 좋아하고 즐긴다는 게 어떤 모습인지 비로소 알게 됐다. 출장이 잦아도 너무 잦은 그는 지칠 법도 하건만 좀처럼 그런 모습을 보기가 어렵다. 어느 날은 밤새 운전대를 잡고 달리던 길에서, "나 자신이 길인 것 같아요. 멈추기보다 계속 달리는 게 운명처럼 느껴져요. 이왕의 길이라면 아무도 밟아보지 않은 눈밭 같은 길이고 싶어요. 그런 길이라면 제게 가치가 있습니다. 이상하게도 익숙한 것들엔 뛰지 않는 심장이네요." 하고 글을 보내왔다.

타국에서 그가 오랜 세월 동안 이뤄낸 것은 내 눈에 대단하게만 보였다. 무에서 유를 창조한다는 게 어떤 것인지, 그렇게 되기까지 얼마나 치열했을지 감히 짐작도 못할 것 같다. 곁에서 그의 끝없는 고민을 듣노라면 정말 사업이란 끝이 없고, 한 사람이 짊어진 무게가 너무 막중한 것 같아서 잠 못 드는 밤이 저절로 이해됐다.

그럼에도 불구하고 그는 매 순간 쉽게 돈 벌 수 있는 빠른 길을 놔두고, 가치 있는 일을 추구하고 싶다는 자신의 철학대로 매번 어려운 길을 선택하곤 했다. 몰라서 먼 길을 돌아가는 것이 아니니, 그는 돈만 벌면 그만이라는 장사꾼들과 근본적으로 다른 사업가라는 생각이 들어 더 신뢰가 갔다. 비즈니스의 세계에는 애매한 규제 속에 온갖 편법과 카르텔이 난무하고 그로 인해 사업가와 사기꾼의 경계가 모호하다. 그런 유혹을 다 물리치면서 묵묵히 내 길을 간다는 건 웬만한 단단함으로는 견디기 어려운 일일 것이다.

코로나 사태까지 겹쳐 더더욱 어려움이 많아지던 어느 날 그는 '서럽다'는 글을 보내왔다. 자신은 오랜 시간 정도正道를 걸어왔는데, 술수와 뒷거래에 능한 사람들이 쉽게 이익을 얻는 세상에 실망과 좌절감이 이만저만이 아니라고 했다. 그냥 '힘들다', '짜증난다'와 같은 표현이 아닌, '서럽다'라는 표현에 얼마나 큰 상처를 입었는지가 고스란히 느껴졌다. 그 감정이 어떤 건지 너무도 잘 알 것 같았다.

과거에 나 역시 그런 현실을 종종 경험하곤 했다. 일에 있어서 내 이익을 챙기기보다 좀 더 가치 있고 양심 있는 선택을 하려고 할 때, 주변을 두루 돌보는 길을 선택하려 할 때. 그것을 뻔히 알면서도 세상은 내가 아닌 술수에 강하고 자기 앞에 납작 엎드리는 사람에게 기회를 주곤 했다. 그러면서 그들이 하는 말은 "넌 너무 순진해.", "넌 영업력이 부족해."였다.

가서 술 한잔 사고, 술 한잔 따르는 길이 쉽고 빠른 길이었다. 그런 길로 가지 않으면 늘 빼앗기거나 바보 취급을 당하곤 했다. 내 능력까지 평가 절하당하고, 늘 뒤처지는 느낌이 들었다. 매 순간 내가 한 최선이 부질없는 것 같아 분하다 못해 서럽게 느껴졌다. 세상을 좀 더 쉽게 사는 방법을 터득할 것을 바보처럼 살아간다는 생각도 들었다.

그러다가 아직도 자기 일을 하면서 가슴이 설렌다며 밤낮없이 고군분투하는 사업가 친구를 보면서, "일하는 모습이 근사하다는 건 이런 거구나. 사업이란 게 이렇게 멋있는 일이구나." 하고 새삼스럽게 느꼈다.

최근 아주 가까이에 사업하는 사회 친구들이 많아졌다. 그런데 이들 중에도 혀를 내두를 정도로 놀라운 사람들이 있다. '한 사람이 어떻게 그렇게 많은 일을 할 수 있을까?', '그렇게 일을 사랑하고 일에 미쳐 살 수 있나?' 하고 놀라움을 넘어 감동을 느끼게 된다. 그들은 휴일도 없고, 밤낮도 없고, 일과 생활의 경계가 없다.

그냥 삶이 온통 일이고, 일하는 것이 즐겁고 행복하다고 말한다. 일이라고 하면 나도 지지 않는다고 생각했지만, 제대로 된 사업가들은 확실히 DNA부터 다른 것 같다. 많은 직원들의 월급을 주려면 웬만한 심장과 웬만한 노력으로는 불가한 일일 테니까. 오로지 나 혼자만을 생각하는 것과는 차원이 다른 삶들이다.

내 주변에 멋진 사업가들을 보면서 새삼 자극을 많이 받는다. 자기 일을 만들어 나가는 사람들의 열정, 자기 일을 사랑하는 법, 고독을 이겨내는 법, 미래를 준비하는 법. 어쩌면 나와 비슷한 고민이지만, 좀 더 스케일이 크고 더 현실 감각이 뛰어날 때가 많다. 친구든 연인이든 자기 일을 사랑하고, 그 일을 열심히 하는 사람, 바쁘게 살아가는 사람들 속에 살아가고 싶다. 그 속에서 나도 내 일을 사랑하며 더욱 열심히 살아가고 싶어진다. 내 주변에 남아 좋은 영향력을 주는 사람들의 에너지가 나를 지탱하고 키우는 힘이 되어준다.

Part 3.

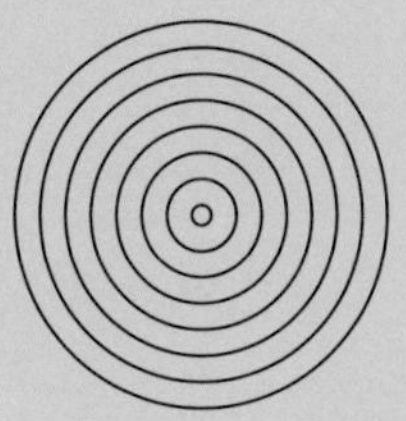

내 마음을 위로하는 것들

제주, 영혼의 고향

"도시를 떠나서 자연에서 살아보고 싶다. 제주라면…"

오래전부터 제주를 수차례 오갔지만, 그런 마음이 든 건 거의 10년쯤 됐을까. 도시의 삶과 방송 생활에 지쳤던 어느 날 갔던 제주도에서 이전과는 차원이 다른 힐링을 느꼈다. 제주도 남쪽 해안도로를 따라 달리다가 쉬어간 곳이 있었는데, 그때의 행복했던 기분을 잊지 못한다. 따스한 햇살과 남쪽에서 불어오는 해풍, 아무도 없는 고요함 속에 기대 졸던 그 평온했던 한낮의 풍경. 그때의 기억은 도시가 체질이라 여겼던 나를 한순간에 바꿔놓았다.

"고향이 제주도인 나보다 작가님이 제주도에 더 자주 가는 것 같아."

부모님이 제주도에 계신 어느 피디의 말처럼 툭하면 버스 타듯 제주행 비행기에 올랐다. 잘 모르는 사람들은 내 고향이 제주도냐고, 또는 거기에 숨겨둔 애인이 있냐고 묻곤 했다. 내게 제주도는 '영혼의 고향'이 됐다.

나라는 섬

사실 바쁜 일상을 멈추고 아무 준비 없이 훌쩍 떠날 수 있는 곳은 제주도밖에 없었다. 따로 휴가라는 게 없는 내 일은 주말을 최대한 잘 활용해서 여행해야 하니 멀리 가야 일본 정도만 갈 수 있었다. 내 스케줄상 주말을 이용해 자주 찾아가 쉴 수 있는 곳은 제주도뿐이었다. 육지를 벗어나 제주 공항에 도착하는 순간부터 일상의 갈증과 스트레스가 모두 풀리는 것 같고, 온통 내 세상인 것 같은 자유로움과 해방감이 저절로 나를 춤추게 만든다.

내가 제주에 가서 매번 빼놓지 않고 하는 일은 섬을 한 바퀴 드라이브하는 것이다. 어느 날은 동쪽부터, 어느 날은 서쪽부터 시작한다는 게 다를 뿐 결국은 섬 한 바퀴를 돌아야 집에 돌아온다.

섬 한 바퀴를 돌면서 수없이 멈춰 서서 시간을 보

낸다. 똑같은 바다, 똑같은 풍경 같지만 달리다 보면 또 발길을 잡는 장면이 있다. 잠시 또 차를 멈추고 바라보면서 생각한다. '같은 풍경인데 뭐가 다르길래 난 또 멈췄을까?'

풍경이 다를 건 없다. 섬 한 바퀴를 돌며 찍은 사진을 보면 다 거기서 거기 같다. 달랐던 게 있다면 이 모든 찰나에 감동하면서 오롯이 즐기고 있던 내 마음이 달라진 것뿐.

제주에 오면 한없이 여유롭고 평온하고 행복한 내 마음을 보게 된다. 폐를 꺼내 바닷물에 헹궈서 해풍에 말린 것처럼 숨 쉬는 행복을 느낀다. 돌처럼 그곳에 앉아서 다정한, 때론 억센 그 바람결을 느낀다. 강도는 달라도 그 청정함 속에 느끼는 감동은 늘 크다. 모든 게 축복처럼 느껴진다.

제주도에 있는 지인들은 내게 호텔비를 아끼고 자신들의 집에서 묵으라고 한다. 나를 생각해주는 마음은 참 고맙지만 제주도에서는 사람과 일상의 공간에서 멀어져 철저히 외딴섬처럼 존재하고 싶다. 하늘과 바다와 바람과 별과 시…. 내가 만나고 싶은 건 그뿐이다.

김영하 작가는 《여행의 이유》에서 "나는 호텔을 좋아한다."라고 고백했다. "잠깐 머무는 호텔에서 슬픔을 몽땅 흡수한 것처럼 보이는 물건들로부터 완벽하게 자유롭다."는 말에 나는 완벽하게 공감했다.

나 역시 비슷한 이유로 호텔에 머무는 것을 좋아한다. 예약해둔 룸에 무사히 도착해 문을 여는 순간, 또 다른 세계에 입장하는 기분이 든다. 고급 호텔은 아닐지라도 하얀 시트가 깔려 있고, 바다 뷰가 펼쳐진 호텔에서 아침을 맞고 싶다. 바다 저 끝에서 해가 떠오르는 장면을 바라보며 맞는 하루는 말 그대로 큰 선물 같다. 비나 눈이 내릴 때 바다와 하늘의 경계가 흐릿해진 우중 세계는 종일 창가에 날 앉혀 놓는다. 다른 일이 필요 없고 한없이 게으름을 피워도 좋다. 난 그걸 '작가의 일'이라며 핑계를 대본다. 어떤 날씨가 펼쳐져도 '작가의 일'. 나는 내가 작가라서 행복하다. 작가라서 세상을 다르게 보는 내가 참 좋다. 작가라서 사소하고 소소한 일에도 감동을 느끼는 내가 참 좋다. 작가로 살면서 누리고 싶은 최고의 사치이자 행복. 난 더 이상의 부를 바라지 않는다.

섬 한 바퀴를 돌고 나면 마음속에 담아뒀던 짐을 다 비우고 가벼워진 나로 돌아온다. 주변에 보면 스트레스와 일의 압박과 고민으로 꽉 차 있는 사람들투성이다. 자기만의 시간은 꿈도 못 꾸는 사람들이 대부분이다. 아주 가까이 나와 함께하는 동료들부터 그렇다. 그들이 일 년에 단 한 번만이라도 일과 가정, 카톡에서 벗어나 혼자 자기만의 시간을 가져봤으면 하는 마음이 든다. 다 비우고 가벼워진 그 홀가분한 마음이 얼마나 큰 위안과 행복을 주는지, 발끝에서부터 올라오는 생의 의욕을 경험해봤으면 하는 대리소망을 가져본다.

아직 가보지 못한 제주

제주도를 그렇게 자주 오가면서도 내가 가보지 않은 제주가 더 많다. 한라산조차 올라보지 못했다. 웬만한 오름들도 올라보지 못했고, 올레길도 극히 일부 코스 외엔 걸어보지 못했다. 우도 외에 섬들도 가보지 못했다. 제주도를 자주 가지만 제주를 안다고 말할 수 없는 이유다.

아직도 가보지 못한 곳이 많고, 아직도 제주에 대해 모르는 것이 많아서 제주도가 좋다. 미지의 세계인 동시에, 언제든 자유롭게 찾아갈 수 있는 고향 같은 곳이 있다는 것은 큰 즐거움을 준다. 마치 좋아하는 일이 한 가지 더 있는 것과 같다. 내가 하고 싶을 때 즐길 수 있는 일이라는 것, 그 일이 늘 새로움을 주고 어떤 영감을 준다는 것, 앞으로도 지겨움을 모르고 한껏 즐길 수 있을 거라는 것, 그런 생각을 하고 있으면 제주에서 무언가 의미 있는 일도 할 수 있을 것 같은 기대감이 든다.

늘 넓은 바다 하나를 품고 사는 것 같다. 늘 일렁이는 흥분과 기대감으로 살아가게 하는 원동력.

다시 제주로 가기 위해 짐을 싸고 있다. 또 다시 설렌다.

안녕, 고독한 밤이여

나는 어릴 때부터 겁이 많았다. 어둠과는 좀처럼 친해지기가 어려웠다. 학창 시절, 우리 집은 단독 주택이라 버스 정류장에서 2분 정도 들어가는 골목 안에 있었다. 멀지는 않지만 밤에 혼자 걸어가기엔 무서웠다. 그래서 버스에서 내리자마자 전속력으로 요란하게 뛰곤 했는데, 그 소리가 들리면 엄마가 마중을 나오셨다. 가끔 평소보다 늦게 집에 들어가게 되는 날에는 엄마가 늘 골목 어귀에서 기다리고 계셨다. 처음으로 혼자 살게 되었을 때는 집에 불을 다 끄지 못하고, 보지도 않는 TV까지 밤새 켜둔 채로 잠들었다. 어둠은 좀처럼 내게 익숙해질 것 같지 않았다.

그런데 어느 날 냉장고 소리 외엔 아무 소리도 나지 않는 집의 고요가 너무도 편안하게 느껴졌다. 일을 하다 보니 늦은 밤이 됐고 주변이 어두워졌는데, 그 무서운 적막감을 깨는 내 키보드 소리. 이전 같으면 소름이 돋았을지도 모르겠지만, 이상하게 그 적막감이 평온함을 주었다. 하던 일을 멈추고 주변 어둠 속에 기대 음악을 한 곡 들었다. 이제 하루 종일 적막과 고요 속에 놓여 있다가 어두운 밤이 찾아와도 차분한 안정과 여유가 생기기 시작했다. 그날부터 나는 뉴스를 보는 시간 정도 외엔 더 이상 TV를 켜놓지 않았다.

집안의 불빛도 줄여 나갔다. 온 집이 환한 것을 좋아했지만, 조도를 낮추거나 조명을 꺼도 더 이상 두렵지 않았다. 어느 날부터 조명과 TV를 모두 끈 채 어둠을 베고 편안히 잠들기 시작했다. 오히려 조명과 TV 소음, 음악 소리가 불편하게 느껴지기 시작했다.

어둠과 친해지니 비로소 내가 어른이 된 것 같은 기분이 들었다. 밤마다 불안하고 약해지던 마음은 온데간데없이 사라지고, 어느 길을 만나든 더 이상 두려움에 뛰어가지 않고는 나의 속도대로 걸어갈 수 있는 용기로 채워졌다. 엄마 품에선 진작 떠나왔지만, 여전히 밤이 두려워 엄마를 부르던 아이가 비로소 성장한 것 같은 기분이랄까.

어둠과 친해지니 몰입의 힘이 강해진다. 불필요한 소음과 빛 공해를 차단하고 나니 오히려 눈과 귀가 예민해지면서, 책을 읽거나 음악을 듣거나 일을 하거나 모든 일에 더 깊이 있게 들어간다. 일부러 스탠드 조명 하나 정도만 켜두고 최대한 어둠을 살리는 공간 연출로 몰입의 힘을 즐기게 된다.

어둠과 친해지니 비로소 보인다. 내 침대에 누우면 눈앞에 걸리는 휘영청 보름달이. 달빛이 그토록 환했던가…. 미처 몰랐던 신비로움과 경이로움을 발견한다. 그 환상 속에서 온갖 잡념과 몽상을 펼치는 시간이 더없이 행복하다. 우주에서 전해지는 소리라도 듣게 될 것 같은 밤.

비로소 고독해졌다. 아주 매혹적으로. 외롭다고 하면 나의 감정과는 맞지 않는 고통이지만, 고독은 오롯이 혼자 즐기는 즐거움이다. 나는 외롭지 않고 고독했다. 고독 속에 그날그날 찾아드는 나만의 감정들이 있다. 날씨에 따라 달라지는 감성과 일상에서 느꼈던 하루의 다양한 기분, 예술가들의 작품을 접하고 영화를 보면서 느끼는 희로애락. 어둠이 내리고 밤의 시간으로 접어들면 그런 감정들이 날 혼자 울게 하고, 춤추게 하고, 독백하게 하고, 글을 쓰게 했다. 고독한 밤들은 가장 좋은 친구이자 가장 사랑하게 된 시간이다.

혼자 살면서 더 이상 극복하지 못할 일은 없어졌다. 밤이 내리면 힘들었던 하루를 모두 위안받는다. 와인잔을 꺼낸다. 고독해서 좋은 밤. 밤이 모자란다.

혼자이고 싶어서

아빠는 지독한 낚시광이다. 아마 인생의 절반을 낚시터에서 보내셨다 해도 과언이 아니다. 우리 삼남매가 어릴 때부터 아빠는 일주일에 절반쯤은 집에 없는 사람이었다. 생업과 가정사는 뒤로 미루고 비가 오나, 눈이 오나, 찜통더위 속에서나, 밤낮을 가리지 않고 며칠씩 물가에 앉아 계시다 돌아오곤 하셨다.

집에 돌아오시는 날 그 큰 낚시 가방 속에는 붕어, 잉어, 향어가 가득했다. 양손으로 이삼십 마리씩 잡아오실 때는 마치 만선의 기쁨을 안고 돌아온 어부 못지않은 기세등등이었다. 하지만 별로 반기는 사람은 없었다. 어쩌다 약으로 해 먹겠다며 잉어를 장시간 달이는 날은 그 비린내가 온 집안에 진동해서 집에 있기조차 괴로웠다. 밥상 위에 올라오는 민물고기 조림을 좋아하는 사람도 딱히 없었다. 간혹 잡은 물고기를 동네 식당에 내다 팔기도 하셨지만, 그 횟수가 잦다 보니 식당에서도 반기지 않았고, 아빠의 전리품은 엄마에게 귀찮은 일거리였다.

아빠는 그렇게 자주 낚시터에 가면서 가족들을 데리고 다니지도 않으셨다. 방해받고 싶지 않은 아빠와 세 아이를 데리고 힘들게 따라나서고 싶지 않은 엄마의 암묵적인 합의로 자연스레 우리는 낚시터에 갈 기회를 얻지 못했다. 아빠를 조르고 졸라 딱 한 번 낚시터에 따라간 적이 있다. 버스를 타고 멀미를 해가면서 도착한 곳은 경기도 어디쯤의 저수지 낚시터.

먼 야외 나들이에 신바람이 난 세 아이들은 강 주변과 들판을 지치지도 않고 뛰어다니느라 신바람이 났더랬다. 남아 있는 사진 몇 장을 보면 그때의 즐거움이 지금까지 생생히 전해질 정도다. 아빠를 비롯한 강태공들은 물고기 다 내쫓는다고 야단이셨지만, 우린 아랑곳하지 않고 뛰어놀기 바빴고, 결국 그날 이후 아빠는 다시는 우리를 낚시터에 데리고 가지 않았다.

어린 시절 단 한 번 따라가 본 낚시터의 풍경은 참 기이했다. 그 뜨거운 땡볕 아래서 몇 시간을 꿈쩍도 하지 않고, 찌만 바라보고 있는 어른들의 석고상 같은 모습이 내 눈에는 참 신기할 정도로 재미없어 보였다. 아빠는 무슨 재미로 하루가 멀다 하고 물가에 가서 앉아

있는지, 편안한 집 놔두고 왜 사방이 어두운 물가에 앉아 밤을 지새우는지 도대체 이해가 가지 않았다.

그러다가 컸을 때 "아빠는 무슨 재미로 낚시를 해. 세상에 다른 재미있는 일들도 많은데…." 하고 질문을 했는데, 그때 아빠가 했던 답변이 지금까지 잊혀지지 않는다. "그냥 강물을 바라보고 있으면 마음이 편하고 좋아."

예상과 다른 뜻밖의 답변이었다. 고기 잡는 게 재밌다거나, 어떤 성취감을 느끼게 해준다 같은 이유들이 나올 줄 알았더니, 싱겁고 재미없게 그저 마음이 편하고 좋다니….

세월이 흘러 어른의 삶을 살고 인생이 고달프게 느껴지면서 그때 아빠의 이야기가 종종 떠올랐다. 제주도 섬 한 바퀴를 돌고 바닷길을 거닐면서 한없이 바다를 바라보고 있을 때 그때마다 늘 내 마음도 그것뿐이었다.

온갖 번민과 삶의 피로와 고단함을 강물에 흘려버리고 나서 마음에 평온이 찾아들면 아빠는 집으로 돌아와 "우리 병아리들!" 하고 우리를 힘껏 안아줄 힘이 생겼던 것 같다. 누구보다 아빠를 닮은 나는 이제 아빠를 이해할 수 있다. 누군가 내 옆에 있을 때 정작 필요한 것은 혼자의 시간이었다.

3년 전 도쿄 여행 중 혼슈에 상륙한 태풍 '종다리'를 만났다. 비행기 결항 등 피해가 속출하는 큰 태풍이어서 여간 걱정이 아니었다. 호텔 방에 짐을 풀고 식당을 찾아 나오니, 주말이라 더더욱 문을 연 가게도 없는데다, 강한 빗줄기에 온몸은 목욕한 듯 젖고 말았다. 겨우 골목골목을 누비다 발견한 라멘집. 기쁜 마음으로 들어가 라멘과 교자만두를 시키고 있는데, 라디오에서 "히도리ひとり 히도리ひとり~" 외로운 목소리로 혼자를 울부짖는 노래가 흘러나왔다. 생쥐꼴이 되어 도쿄 뒷골목 라멘집에서 히도리ひとり 타령을 한참 듣고 있노라니 웃음이 나왔다. 태풍 속이라도 아무도 모를 곳에 나 혼자인 그 순간이 너무 좋아서 미칠 것 같은 행복감. 그냥 거기가 세상 끝이라도 좋을 것처럼 혼자의 세계가 펼쳐졌다.

하루키는 《달리기를 말할 때 내가 하고 싶은 이야기》에서, "혼자 있고 싶다는 생각은 변함없이 항상 내 안에 존재하고 있다. 그런 까닭에 하루에 한 시간쯤 달리며 나 자신만의 침묵의 시간을 확보한다는 것은 나의 정신 위생에 중요한 일이다."라고 이야기한다.

떠나는 것만이 혼자가 되는 것은 아니다. 일상에서 자신만의 삶의 방식을 통해서 얼마든지 각자의 방을 가질 수 있다. 혼자인 사람도 더 의미 있게 보낼 수 있는 혼자의 시간, 가족이 있는 사람도 꼭 필요한 혼자의 시간. 그 시간은 자신만의 은밀한 내면을 만나고, 감정과 피로를 배설하고, 나와 삶을 사랑할 수 있는 에너지를 채우기 위해 반드시 필요하다는 생각이 든다. 자기만의 방식으로 혼자가 되어 보길 권한다.

느린 처방전

바쁘게 살다 보니
느린 풍경을 보면 묘하게 기분이 좋아진다.
내 생활의 속도도 조금 늦추는 기분이 든다.

일본 감성 영화나 드라마를 보면서도
뜻밖의 위안과 치유를 느낀다.
특별한 이야기 없이
평범한 사람들의 일상적인 풍경이 펼쳐진다.
누군가에게는 지루할 만한 장면들.
나는 오히려 눈이 반짝반짝해진다.

〈빵과 스프, 고양이와 함께 하기 좋은 날〉이라는
일본 드라마가 있다.

출판사에 다니다가
갑자기 해고당한 아키코란 중년 여성의 이야기.
혼자인 그녀는
자기 집에 찾아온 길고양이 한 마리를 키우면서,
엄마가 운영하던 가게를 리모델링해 개업하고
빵과 스프를 만들어 팔기 시작한다.

이 드라마에는 특별한 세 가지가 있다.
중년의 나이에 갑자기 회사를 나오면서도
흔들림 없는 중년 여성의 내면과 일상.
자신만의 취향과 스타일을 담아
잘할 수 있는 방식으로 운영하는 소박한 식당.
사람을 이해하고 어울려 살아가는 삶의 방식.

사람을 대하는 모습을 보면
아키코는 정말 좋은 사람,
진정 삶의 여유를 즐길 줄 아는 사람이다.
살다 보면 일상과 삶이 휘청이는
힘든 시기가 찾아들고,
중년의 혼자 맞는 위기는 더 취약해지기 십상이다.

하지만 아키코 같은 단단한 내면과
자기만의 삶의 방식으로 살아간다면

그토록 잔잔할 수 있을 것 같다는 생각이 든다.

아키코처럼 살아가고 싶다.

일희일비하는 일 없이 무던하고 무덤덤하게.

평온한 시간만 흐르는

그녀의 군더더기 없는 공간을 나도 꿈꿔본다.

길을 잃기 위해 떠난다

혼자 떠나는 교토 여행을 앞두고 검도용 머리띠를 사다 줄 수 있냐는 지인의 부탁을 받았다. 초행길이지만 나는 흔쾌히 알겠다고 답했다. 그분의 부탁을 들어주는 것은 둘째 치고 마치 미션 과제가 생긴 것 같은 기분이 들어 괜히 신이 났다. 대충 찾아보니 '니조 성' 쪽을 둘러본 다음에 찾아갈 만한 검도용품점이 보였다. 성 인근이라 별로 어려울 것도 없는 부탁이었다.

마지막 날이 되어서야 버스를 타고 니조 성으로 향했다. 시간이 여유로워서 그 큰 성을 한참 동안 여유 있게 둘러보고, 오후 4시가 다 된 시간에 검도용품점을 찾아 걷기 시작했다. 그런데 구글맵을 보고 찾아간 곳은 아주 엉뚱한 곳이었다. 아무리 다시 찾아봐도 제자리를 빙빙 돌다 원점이었고, 비싼 택시를 타고 그 주변을 돌아도 검도용품점은 눈에 보이지 않았다.

그런데 어느 순간 구글맵이 지금까지 안내해준 것과는 전혀 다른 새로운 길로 나를 안내했다. 마치 나를 시험하는 것 같은 기분이 들었다. 벌써 5시가 넘어가면서 곧 해가 저물 것 같은데, 낯선 이 변두리에서 어둠을 맞을까 봐 슬슬 두려워졌다. 만약 이번에는 잘 찾아가더라도 기껏 도착했는데 가게 문을 닫았으면 어떡하나…. 하필 현금도 떨어졌는데 카드를 안 받겠다고 하면 어쩌나…. 모든 것이 불안했다.

그래도 이대로 포기하고 돌아가는 건 너무 허무했다. 시골 오지도 아니고 도심 내 점포 하나를 못 찾고 간다는 건 말이 안됐다. 결국 속는 셈 치고 마지막으로 한 번만 더 가보기로 했다. 40분가량 걸었을 때 드디어 길 건너편으로 익숙한 건물의 모습이 보이기 시작했다. 블로그에서 봤던 바로 그 검도용품점이 맞았다. 결국 찾아왔다는 기쁨으로 모든 피로가 날아가는 것만 같았다. 다행히 가게 문은 열려 있었고, 카드 결제도 가능해 미션에 성공했다.

그런데 워낙 헤매다 도착한 곳이라 이번에는 호텔로 돌아갈 길이 막막했다. 지하철역도 한참 지나온 것 같아서 그곳 직원에게 버스를 탈 수 있는 곳이 어딘지 물었다. 가게 직원은 형편없는 내 일본어 실력이 안타까운 듯 나를 버스 정류장까지 데려다주었다. 기대 이상의 친절 덕분에 돌아오는 길은 수월했고, 2시간의 해프닝은 결국 잘 마무리됐다.

혼자 여행을 다니면서 길을 잃는 일은 종종 벌어진다. 내비게이션 없이 차를 몰고 가다 보면 한 번 지났던 길을 헤매기도 한다. 처음에는 당황스럽고 불안한 마음에 그곳에 대한 기록조차 남기지 못하고, 물 한 병 사 마실 마음의 여유조차 나지 않는다. 택시라도 타고 도움을 받으려고 하면 빙빙 돌리면서 뒤통수를 치는 일도 있고, 불친절한 사람들 때문에 마음 상하는 일도 겪는다. 왜 낯선 곳에 와서 돈 쓰면서 고생을 하는지, 이런 시간이 무슨 의미가 있는지 나 스스로에게 짜증이 나기도 한다. 기대만큼 여행이 즐겁지 않을 땐 길 한복판에서 집 생각이 나기도 했다.

그러나 언제나 길은 길로 이어졌고, 어떤 곳에 내던져지더라도 결국은 무사히 제자리로 돌아왔다. 막막했던 길 한복판에서 헤매다가도 어느 순간부터는 그곳의 일상과 풍경들을 즐기고 있었다. '내가 언제 이곳에 다시 올 일이 있을까. 길을 잃어 머물게 된 이곳. 처음이자 마지막일 텐데…. 내가 이곳을 다녀간 이 시간과 인연이 참 소중하잖아.' 그런 생각을 하기 시작하면서 길을 잃는다는 것은 아주 특별한 경험이 되었다.

여행은 새로운 길을 찾아 떠나는 과정이다. 사는 게

답답하고, 길이 잘 보이지 않을 때 나는 떠나고 싶어진다. 그리고 그곳에서 길을 잃는다. 발길이 닿는 대로 걷다 보면 새로운 길을 만나고, 새로운 길에서 내가 찾는 길을 비로소 발견한다. 막막했던 길이 어느 순간 뻥 뚫린 시원한 길로 나를 안내한다.

여행지 길 위에서 듣곤 하는 김동률의 〈출발〉이란 곡 가사가 언제 어디서나 내 마음을 얘기하는 것 같다.

"아주 멀리까지 가보고 싶어. 그곳에선 누구를 만날 수가 있을지."

혼자 여행을 떠나면서 알게 됐다. 여행하듯 살아가고, 천천히 내 길을 걸어가다 보면 멀리까지 높은 곳까지 가닿을 수 있다는 것을. 또 사는 게, 길을 잃는 게 더 이상 두렵지 않다는 것을.

판타지는 현실이 된다

새해 아침 창을 열면 파란 하늘과 야자수 나무들이 펼쳐진 이국적인 풍경. 습한 공기와 더운 바람. 낯선 새소리와 풀꽃 향내에 잠 깨는 상상을 해보곤 한다. 현실은 늘 그런 판타지를 꿈꾼다. 나에게는 꿈도 못 꿀 연말 휴가, 그런 상상을 하면서 늘 꿈을 꾼다. "언젠가는 이뤄지겠지."

12월 연말은 방송하는 사람들에게 가장 바쁜 달이다. 한 해를 결산하면서 각종 특집이다, 기획이다 해서 품을 들일 일이 많아지는 시기. 감사 카드를 쓰고, 집안 대청소를 하고, 송년회 다니면서 여유 부릴 틈도 없이 늘 두 배는 빠르게 정신없이 지나가는 시기이다.

그런 내게 "언젠가는 이뤄지겠지." 했던 판타지 같은 일이 드디어 이루어졌다. 2년 전 크리스마스를 끼고 긴 연말 연휴를 일주일가량 보낼 수 있게 됐다. 진행자가 휴가를 가면서 대타 진행자를 쓰면 작가와 피디는 쉴 수 없으니, 다 녹음하자는 배려로 가능한 일이었다. 일을 시작하고 25년 만에 처음 갈 수 있게 된 연말 휴가였다.

고심 끝에 선택한 여행지는 디지털 노마드족들의 한 달 살기가 유행이라는 태국의 치앙마이. 지인이 보름 정도 여행을 다녀온 후 적극적으로 권해준 곳이다. 감성을 자극하는 빈티지한 풍경들로 가득해서 골목마다 걷는 즐거움이 있고, 머무는 곳마다 휴식과 힐링이 있는 곳. 글 쓰는 나의 취향을 저격하는 곳이라고 했다. 무엇보다 귀가 솔깃했던 것은 아침에 무료 요가 프로그램을 운영하는 곳이 있다는 것이었다.

필라테스를 해보긴 했지만 요가는 단 한 번도 해본 적이 없었다. 그런데 거기에 끌렸던 건 인생 영화 중 한 편인, 〈먹고 기도하고 사랑하라〉의 아름다운 장면들이 떠올랐기 때문이다. 내 안의 신을 만났다고 말한 리즈처럼 나를 만나고 신을 만나는 그 명상의 기분을 아주 잠깐이지만 느껴보고 싶었다. 사실 나는 관광지나 맛집 탐방보다는 색다른 문화와 경험에 곧잘 매료되곤 했다. 많은 사람들이 왜 그곳에서 한 달 살기를 하는지, 그곳에서만 느낄 수 있는 경험을 하고 싶었다. 마침 연일 강행군을 한 끝에 떠난 휴가라 몸도 마음도 오로지 휴식과 힐링을 원했다. 나는 그렇게 크리스마스를 앞두고 치앙마이행 비행기에 몸을 실었다.

아침 조식을 먹고 부지런히 나서서 요가가 열리는 '원님만'을 찾았다. 강좌가 열리는 건물 3층은 이미 사람들로 꽉 차 있었다. 전 세계에서 모인 관광객들이 요가복을 입고 자리 잡은 모습은 영화의 장면과 비슷한 진풍경이었다.

나는 강사도 잘 보이지 않는 뒷줄에 자리를 잡았다. 주변에 한국 사람은 전혀 보이지 않고 남녀불문, 다양한 인종들이 두루 섞여 있었다. 그들은 서로에게 관심을 가지지 않고, 각자 익숙한 듯 몸을 풀거나 명상을 하고 있었다. 다들 이 시간에 익숙한 모습들이었다. 많은 사람들이 한 공간에 모여 있지만 오직 자기 자신에게만 관심을 쏟으며 각자의 시간을 보내고 있었다. 나 또한 어색하지만 호흡을 가다듬으면서 나에게 집중했다.

잠시 후 마이크 소리로 전해지는 구령. 나는 저 멀리 희미한 강사보다 앞사람들의 뒷모습을 따라하면서 요가라는 것을 처음 경험했다. 나와 같은 초보자들도 쉽게 따라 할 수 있도록 쉬운 동작들로 구성된 강좌였지만, 들숨과 날숨이 요동을 치고, 반복과 버티기에 온몸이 부들부들 떨렸다.

'내 몸은 그동안 참 편안했구나. 이 단순한 움직임

조차 고통스럽게 느끼다니….'

그런데 그 고통을 넘어선 경지에서 맞게 될 쾌감과 평온함을 상상하니 고통조차 즐기고 싶은 희열을 느꼈다. 일상에서 경험해본 적이 없는 그야말로 판타지 같은 시간. 내 몸과 마음이 좋아하는 일을 즐기며 의미 있고 충만하게 채워지는 것만 같은 이 시간이 내게 속삭이는 소리가 들렸다. '이곳에 오길 참 잘했어.'

출발하기 직전까지만 해도 괜히 여행을 가는 건가 같은 생각을 했다. 여행을 상상할 때는 너무도 행복했지만, 휴가 전날 밤도 꼬박 새우고, 짐조차 공항으로 출발하기 직전에 급히 싸서 총알택시에 몸을 싣고 떠나 여행이 너무 피곤하다는 생각이 들었다. 평소 즐겨 가는 제주도에 가서 푹 쉴 것을 4시간이나 비행해 낯선 곳에 떨어질 생각을 하니 일하러 가는 기분이 들었다.

"안 귀찮니? 넌 참 에너지도 넘친다. 난 며칠 휴가 받으면 소파와 한 몸이 되는 게 소원이야. 여행 계획을 짜는 것부터가 스트레스다."

친구는 시간만 생기면 늘 어딘가로 떠나는 나를 신기해했다. 내 주변에 많은 사람들이 그랬다. 그들에게는 여행도 좋지만 아무것도 하지 않는 휴식이 더 절실해 보였다. 또 이런저런 현실들을 생각하면 훌쩍 어딘가 떠난다는 것은 결단하기 쉽지 않은 문제이기도 했다. 내게도 역시 전에 없던 그런 마음이 자리를 틀었다. 여행을 가는 것조차 귀찮고, 가면 뭐하나 하는 공허함도 들었다. 그런데 내가 가장 경계하는 것이 바로 그 지점이었다. 아침에 눈 뜨면 열정도 의욕도 식욕도 없이 아무것도 안 느껴지는 삶. 달콤한 게으름이 아니라 무기력함으로 손 놓게 되는 상태. 현실에 지치면 쉽게 찾아드는 그런 마음.

영화 〈먹고 기도하고 사랑하라〉의 리즈는 이런 상태에서 모든 열정을 회복시키기 위해 1년간 여행을 떠나기로 한다. 애인과 친구는 뜬구름 잡는 얘기 그만하라며 그녀를 이해해주지 않지만, 결국 그녀는 비행기에 오른다.

"난 변하고 싶어." 이유는 그것뿐.

언어도 생김새도 다른 전 세계 사람들 틈에 앉아 작은 움직임을 함께 하고 있는 순간, 내 안의 리즈가 말했다. '나 이렇게 행복해도 될까?'

며칠 동안 그곳에서 나는 완벽하게 행복했다. 일상에서 아주 멀리 벗어나 있다는 것, 12월이지만 우리나라의 5월처럼 이곳은 최고의 계절이라는 것, 쉬지 않고 변하기 위해 노력하고 있다는 것. 이미 내 안의 신을 만난 경지에 이른 듯 감동적이었다. 아무 잡념 없이 내 몸과 마음을 돌볼 수 있는 시간. 내 안의 결핍과 불화는 사라지고, 세상 모든 게 아름다워 보였다.

'진정한 휴식이란 이런 것이구나'를 그 어느 여행 때보다 절실히 느꼈다. 여행이 늘 이런 삶이고, 삶이 늘 이런 여행이고 싶었다. 매일 눈 뜨는 집에서, 매일 오가는 일상의 공간에서, 부대끼는 사람들 속에서 여유를 갖기란 쉽지 않다. 그런데 여행을 통해 배운다. 치열한 삶에 쉼표를 찍어가면서 내 삶을 조금씩 바꿔가야 한다는 것. 내가 꿈꾸는 판타지는 그렇게 현실이 된다.

뜨거운 게 좋아

너무 더운 것도 추운 것도 싫지만,
굳이 어느 쪽이 더 좋은지 묻는다면
나는 덥고 뜨거운 쪽이 좋다.
어느 날 기막히게 타로를 보는 분이 하는 말,
"당신은 음기가 강해서 뜨거운 것이 잘 맞아."
실로 그러하다.
일은 아침과 낮에 하는 게 더 효율적이고,
휴가를 간다면 사계절 내내 한여름인 나라가 좋다.
비 오고 흐린 날보다 해가 쨍쨍한 날이 좋고,
태양처럼 뜨거운 남자를 만나
뜨겁게 사랑하는 게 좋다.
햇빛이 보석처럼 부서지는 날이면
피부 상할 걱정 따윈 접어두고
밖으로 뛰어나가 온몸으로 태양 빛을 받는다.

세포마다 차곡차곡 비타민D를 저장해두고
아무 일 없는 날 하나씩 터뜨리면서 행복해한다.
한여름 태양의 그 뜨거움처럼
내 삶도 그렇게 열정적이고 싶다.
매사 모든 일에 가열차게 임하고
누굴 만나든 가장 뜨거운 온도로 지금을 즐기고
자유를 만끽하고
아름답게 활보하고
늘 빛나는 모습으로
심장이 뻐근하게 살아갈 수 있으면 좋겠어.
난 뜨거운 게 좋아.

내일 잘하면 돼

"그러니까 교수님은 이게 문제라고 보시는 거죠?"

"네…. 문제죠…."

생방송 중 연사의 시종 이런 단답형 답변. 계속 마가 뜨기 시작한다. 아무리 노련한 진행자라도 인터뷰 10분을 이어가는 데 애를 먹는다. 밖에서 지켜보는 나와 피디는 속이 탄다. 듣는 청취자들도 짜증을 내기 시작한다. 왜 저런 사람을 섭외했느냐고 게시판이 난리가 난다. 생방송은 한 번 망치면 끝이다. 그날그날 단 한 번의 기회일 뿐, 망쳤다고 다시 할 수는 없다. 그런데 전날 들인 고민과 시간이 무색하게 방송은 종종 망하고 만다.

'오늘 하루는 불행하기로 합니다.'

방송을 망쳐버린 최악의 아침. 가끔 이런 날이 찾아

온다. 예측불허인 생방송에서는 얼마든지 생길 수 있는 일이다. 그런데 이런 일을 무수히 겪어도 나는 여전히 적응이 안된다. 생방송이 망하면 누가 뭐라고 하지 않아도 연사를 직접 섭외하고, 원고를 쓴 작가인 내 탓 같다. 더 화가 나는 건 들인 공에 비해 결과가 형편없을 때다. 일은 평소보다 두 배 세 배 했는데, 결과가 좋지 않을 때 나는 어디에도 하소연할 데가 없다. 말을 해봐야 변명 같고, 가만히 있자니 모든 책임을 다 뒤집어쓰는 기분이 들고, 이래도 저래도 기분만 나쁘다. 생방송에서 자주 섭외하는 연사들이야 걱정할 게 없지만, 처음 인터뷰하는 연사는 늘 이런 리스크를 안고 시작한다. 분명 나와 통화할 때는 말도 잘하고 적극적으로 인터뷰에 응했던 연사가 생방송에서는 단답형 대답 외에 아무 말도 하지 않고 있거나, 말하기 싫은데 억지로 앉혀놓은 것처럼 무성의한 태도를 보이기도 하고, 논란의 소지가 있는 발언을 툭 내뱉기도 한다.

이런 일을 최대한 막는 것도 내 역할인데, 나의 사전 검증이 부족했다고 생각하면 나 스스로도 실망스럽고 기운이 쭉 빠진다.

그런데 그런 기분을 오래 안고 있기에는 바쁘게 준비해야만 하는 내일의 방송 일정이 있다. 오늘 망친 방송을 내일 또 망칠 수는 없는 법. 애써 마음을 다잡아야 한다. 그럴 때 서로가 하는 말, 내가 나에게 하는 말이 있다.

"내일 잘하면 돼."

아무리 노력해도 매일 좋은 결과가 나올 수는 없다. 어떤 이유로든 뭔가 잘 안 풀리는 날이 있기 마련이다. 그런 날은 오늘의 기분을 빨리 털어버리고 내일로 전환해야 한다. 오늘만 사는 게 아니다. 내일 잘하면 된다.

Part 4.

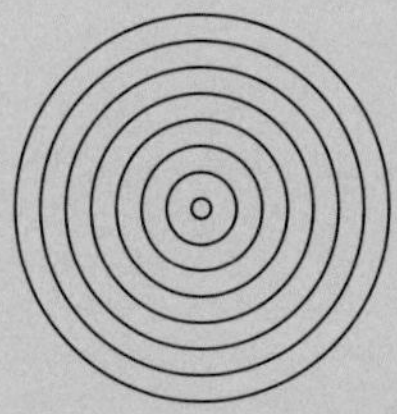

혼자 사는 게 어때서

나와 살아가는 물건들에 대해

앉아서 일하는 고통을 줄이기 위해 서브 테이블로 작은 스탠딩 책상을 주문했다. 공간을 많이 차지하지 않는 조립형 철제 가구. 그런데 막상 물건을 받고 보니 이걸 왜 샀을까 싶다. '조립형 가구는 질색인데…. 게다가 차가운 철제 가구를 싫어하면서 무슨 생각으로 산 거지?'

온라인 몰에서 구입할 때 본 책상 사진은 간단해 보였는데 분해된 상태로 보니 이걸 내가 무슨 수로 만들까 싶어 막막하다. 이렇게 많은 구성품을 어떻게 그리 단순하게 읽었을까. 내가 손재주가 있는 편이긴 해도 이 방면으로는 경험이 전혀 없고, 누군가에게 도움 청하는 일도 내키지 않는다.

할 수 없이 설명서를 펼쳐놓고 만들어보기로 한다. 하지만 시작부터 난관이다. 불친절한 설명서는 아무리

봐도 머리에 안 들어온다. 조립이 과연 두 손만으로 가능한 건지도 의문이 든다. 만들면 누군가 옆에서 잡아주고 고정해줘야 하는데 혼자서는 작업 연결이 도무지 안 된다. 만들어놓은 것이 계속 틀어지고 허물어지기를 반복. 게다가 이제 와서 보니 부품 하나가 모자란다. 조립하기 전에 부품 숫자부터 확인하고 진행했어야 하는데….

조립했던 것을 다시 해체해서 박스에 싼 뒤에 일단 환불 신청을 한다. 구입한 비용은 돌려받지 못해도 물건이라도 수거해갔으면 하는 바람을 가져야 할 상황이 돼 버리고 말았다. 이런 걸 구입한 나 자신에게 화가 난다. 다시는 이런 데 속지 말자고 결심한다.

SNS에 이 꼴을 공유했더니 SNS 친구들이 조언한다. 이런 건 다 '공구발'이라고…. 그냥 형광등 갈이부터 이것저것 다해주는 사람 불러서 해결해야 한다고 한다. 기껏 저렴한 조립 가구 사놓고 사람 불러 만든다는 것도 이상하고, 공구발로 조립할 수 있을 정도로 공구를 사려면 취미 생활 정도는 되어야 할 것 같다. 어쨌든 이것도 못하면 혼자 이 세상 어떻게 살아가나 싶어서 어떻게든 해결해보려 했는데, 나의 쓸데없는 오기며 시간 낭비일 뿐이었다.

애당초 나에게 어울리지 않는 물건을 선택한 내 실수였다. 나는 옷 한 벌도 인터넷 쇼핑몰에서 구입하지 않는다. 인터넷 쇼핑이 일상화된 세상이지만, 내 라이프 스타일에서는 굳이 인터넷에 의존할 필요가 없다. 과거에 인터넷몰을 많이 이용해 본 경험상 실패의 가능성이 높아서 어떤 물건을 사든 내 눈으로 확인해보고 옷은 직접 입어본 다음에 구입한다.

가구는 더 신중할 수밖에 없다. 가구점에 가서 마음에 드는 것이 있으면 기사들이 설치해주는 곳에서 구입했다. 그런데 작은 서브 테이블이라고 가볍게 구입했다가 결국 감당 못 하게 되어버렸다. 어떤 물건이든 나에게 맞는 것을 찾아서 그만큼의 가치를 지불해야 정들이고 오래 쓴다. 침대, 책상, 러닝 머신, 드레스룸…. 심지어 그릇 한 개, 수건 한 장, 테이블보, 의자, 슬리퍼, 화분….

그 하나하나를 선택할 때 이런저런 그림을 떠올려보고 정말 설레는 마음으로 구입했다. 어떤 여행지에서 사온 추억이 깃든 물건은 다 소중하다. 그렇게 구입한 물건은 정이 간다. 그렇지 않은 물건은 결국 쉽게 내다 버린다. 내 작은 공간에 어울리는 물건을 좀 더 고민해서 선택하는 것이 결국 나를 즐겁게 하는 일이다.

나는 내 공간에서 내가 고심해서 고른 물건들과 함

께 살아가고 함께 늙어갈 것이다. 그러니 그저 싸고 주문하기 편한 세상의 소비 방식이 나의 생활과는 잘 맞지 않았다. 조금 불편하고 조금 비싸도 오랫동안 나와 행복하게 살아갈 수 있는 물건들로 나의 작은 공간을 채우며 살아갈 것이다.

나를 돋보이게 하는 애티튜드

나는 사람을 판단할 때 ‘격格’과 ‘결’을 중요하게 생각한다. ‘격’이 외적으로 비춰지는 자기 관리의 모습이라면, ‘결’은 좀 더 애정을 가지고 들여다볼 때 보이는 내면의 모습으로 타고난 면과 살아온 모습을 느끼게 해주는 부분이다. 크게 보면 좋은 품격을 갖춘 사람이 좋은 결을 가지고 있을 가능성이 크다. 외적으로 보이는 모습도 좋은 바탕을 가졌을 때 제대로 빛을 발하기 때문이다.

그런 좋은 ‘격’과 ‘결’을 갖춘 사람을 만났을 때 호감을 느낀다. 그런 사람들은 오랜 시간을 두고 만나도 늘 한결같고, 자기 관리부터 철저하다. 그들을 만나면 저절로 내 허리도 펴지고, 내 말투도 차분해지고, 긴장감이 저절로 든다. 나이가 들수록 사람을 만나는 일에 더 신중해져야겠다는 생각이 들어서인지, 그런 좋은 영향을 주는 사람을 만나면 진심으로 반갑다.

중년에 접어들면서 내가 나 스스로를 비춰봤을 때 고민이 많아졌다. 집에서의 모습, 일할 때의 모습, 만나는 사람마다 다르게 평가하는 내 모습에서 나 스스로 혼란을 느꼈다. 말을 많이 하고 들어온 날은 늘 뭔가 찜찜했다. 쓸데없이 내뱉었던 말, 내 생각과 다른 것을 맞장구쳐주면서 소신 없이 행동했던 것, 편하다는 이유로 무례했던 태도, 프로답지 못했던 모습…. 모든 것이 못마땅해졌다.

내 모습이 중구난방인 건 나 중심으로 살지 않고 상대방의 비위를 맞춰주는 데 급급하고, 여전히 내 정체성이 불안정하기 때문이란 생각이 들었다. 그러다 보니 나의 말과 행동, 자세, 태도…. 그 모든 것들이 썩 마음에 들지 않았다. 불현듯 이제 통일된 모습으로 내 '격'과 '결'을 가다듬고 싶은 생각이 들었다.

그래서 언제부턴가 자주 내 모습을 촬영해서 관찰해보게 되었다. 그리고 그 속에서 지금껏 전혀 인식하지 못했던 나의 문제점을 발견했다. 고의가 아니더라도 내 말투가 상대에게 얼마나 차갑게 전달될 수 있는지, 나의 행동이 얼마나 불편함을 줄 수 있는지…. 나 자신을 깎아 먹는 이런 모습을 고쳐야겠다고 결심했다. 누구에게나 친절하고 따뜻하게 말하는 법부터 갖추고 싶었다. 사람들이 '시크하다', '틱틱거린다'고 말하거나 우리 집에서 나 모르게 쌩하다고 해서 '쌩콩이'이라고 내 별명을 붙여놓은 걸 알았을 때는 너무 억울하다고만 생각했는데, 말을 잘하고 못하고를 떠나 좀 더 친절하고 따뜻해지면 좋을 것 같았다.

말과 행동이 일치할 때 사람의 격이 드러난다. 사회 다양한 계층의 사람들을 보면서 많이 느낀다. 사회적 지위나 성공에 '격'과 '결'이 미치지 못하는 사람이 너무도 많다는 걸. 도덕적인 말과 달리 자신의 삶은 파렴치하고 수치심도 모르는 사람들, 그들이 뿌리는 위선과 무책임한 말들이 얼마나 세상을 오염시키던가.

반면 소박한 모습으로 나타나 말 한마디 한마디가 신중하고 행동이 반듯하고 생각이 곧은 분을 만나면 주변이 환해지는 것 같다. 그 사람만의 매력과 아우라가 세상에 어떤 영향을 미칠지를 보게 한다.

나이가 들수록 사람들이 쉽게 체면을 구기고, 주책을 피우고 무리까지 지어 다닌다. 어딜 가나 민폐형, 불청객이기 십상인데 정작 자신들은 개의치 않는다는 식이다. 살기 편한 방식으로 쉽게 변하고, 쉽게 긴장감을 내려놓고, 그것이 사람 사는 모습이라는 듯 전체를 하향 평준화시키려고 한다.

그런데 나는 그런 모습이 절대 수용이 안 된다. 나

이가 들수록 자신의 품위와 품격을 잃지 않는 게 가장 강력한 무기이자 자존심이라고 생각한다. 죽는 날까지 자존심, 내 존엄을 지키면서 근사하고 멋지게 나이 들고 싶다.

그래서 나의 말과 행동이 신중해야 한다는 생각을 점점 더 자주 한다. 거짓 없이 내 소신에 맞게 책임 있는 말과 행동을 하고, 말은 아끼되 행동으로 좀 더 실천하는 삶이 되어야겠다고 생각한다. 나이가 들수록 허리는 펴고, 고리타분한 생각을 경계하고, 나이 내세우지 말고 나잇값을 해야 한다. 오히려 사람을 가려서 사귀고, 가려서 자리에 참석하고, 절제된 말과 행동으로 대우받기 위한 노력을 해야 한다.

그것이 나에 대한 예의다.

하이힐과 청바지

이른 새벽에 출근할 때도 나는 늘 풀 메이크업에 하이힐을 신고 완벽하게 꾸민 모습으로 나선다. 2~3시간을 자고, 새벽 4시에 일어나서 출근 준비를 할 때도 나는 늘 한결같이 완성된 모습으로 출근길에 올랐다. 기본적인 화장을 하고, 그날 입고 싶은 옷을 잘 차려입고, 매일 머리를 감고 드라이를 하고, '또각또각' 걸으면서 출근했다.

내가 일터에 나가면서 당연히 해야 한다고 생각하는 것들을 놀랍거나 유난스럽게 보기도 한다. 그러나 사실 내가 하는 노력이 그리 대단한 건 아니다. 아침에 세수하고 화장하는 데 불과 10분이면 되고, 다음날 입고 나갈 옷을 정해놓으면 그대로 입고 나가면 될 일이었다. 그 정도의 부지런함은 오랫동안 유지해온 습관이다.

옷 입고 꾸미는 일이 좀 더 즐거워진 건 살이 빠진 후부터다. 오래 앉아있다 보니 허리에 무리도 가고, 살이 찌니 더 악순환인 것 같아서 집에 러닝 머신을 들여놓고 하루에 1시간 정도 꾸준히 운동을 했다. 그랬더니 서서히 살이 빠졌다. 모든 옷, 심지어 속옷까지 새로 다 장만해야 했다. 그 뒤로는 새삼 옷 입는 즐거움이 되살아났다. 티셔츠 한 장만으로도 옷맵시가 살아나고, 그동안 못 입었던 옷을 원 없이 입을 수 있게 됐다. 그래서 매일 출근하면서 빠질 수 없는 즐거움 중 하나는 '오늘은 뭐 입지?'였다.

외모도 경쟁력인 시대가 된 지 오래다. 능력과 노력보다 외모가 더 중요하게 평가받아선 안 될 일이겠지만, 외모가 평가 절하당할 이유도 없다. 자기 관리에 철저한 사람들은 자기 일도 열심히 하면서 없는 시간을 쪼개 운동하고, 10분 더 먼저 일어나서 화장하고, 피부관리를 받고, 음식을 가려 먹는 등 갖은 노력을 다한다. 그런 이들은 분명 아름답다.

중년의 시간은 두 배로 빨라졌다. 내 나이가 50대에 들어서기까지 불과 3년, 이제 노년을 향해 달리며 늙는 일밖에 남지 않았다. 오늘이 제일 젊고 가장 아름다운 날이며, 그런 나를 가꾸고 노화를 늦추는 것이 나를 사랑하는 일이기도 하다. 거울 보면서 늘어나는 주름살에 슬퍼할 게 아니라, 그 시간에 젊음과 건강을 위해 운동을 하는 게 낫다. 모든 노력을 거부한 채 남들보다 많이 자고, 많이 먹고, 많이 놀면서 원하는 모습을 기대하긴 어렵다.

나는 60살, 70살이 되어도 청바지를 입고, 하이힐을 신을 생각이다. 멋지게 나이 드는 모습을 보여주는 노년의 아이콘이 있다. 한국인 최초 밀라노 유학생으로 30년간 이탈리아를 오가면서 패션계에 종사해 온 유튜브 스타 밀라논나, 장명숙 씨. 꼰대 기질 하나 없는 말과 행동, 나이가 들어도 멋진 스타일과 빛나는 커리어. 그녀의 모습을 보면 쉽게 늙고 여자로서의 아름다움을 포기하는 것은 스스로에게 미안한 일이다.

어차피 중년은 한 번 리셋해야 할 시점이다. 더욱이 나처럼 혼자 살아가는 사람에게 자기 관리는 생존과 직결되는 문제이기도 하다. 의존할 사람 없이 홀로 고고하게 살아가기 위해서는 더더욱 아름답고 건강하게 살아가야 한다. 그러기 위해 늘 긴장감을 잃지 않고 꾸준히 관리한다. 집에 있는 주말에도 긴 머리를 감고, 화장을 하고 있는 날이 많다. 집에 있다가 갑자기 외출할 일이 생길 때가 많아서 그런 것이기도 하지만, 더 큰 이유는 늘어진 모습으로 하루를 보내고 싶지 않기 때문이다.

나는 60살, 70살에도 '또각또각' 걸으며 살아갈 생각이다. 나이 들수록 더 멋있게, 조금은 특별하게.

혼자 사는 사람이 건강한 이유

"배우자나 자식 없이 혼자 사는 여성은 행복하다."
영국 런던 정경대에서 행동주의 과학을 연구하는
폴 돌란Paul Dolan 교수가 발간한 저서
《Happy Ever After》에
이런 분석이 담겼다고 한다.
독신 여성이 더 오래 살았고,
행복한 여성의 조건으로 여겨졌던
혼인과 출산, 육아 등은
행복을 높이는 데 별로 기여하지 못했다고 한다.
결혼한 중년 여성은 같은 또래 독신 여성보다
신체적 정신적 건강 상태도 나빴다고 한다.
40대 혼자 여성이 잘 사는 방법은
끝까지 혼자 사는 것이라는 결론에 이른다.

잘 사는 방법이 이처럼 가볍고 심플할 수가 없다.
그렇다고 건강에 자신하진 말아야지.
혼자 잘 살기 위해 해마다 건강검진 꼬박꼬박하고,
하물며 치과조차 6개월에 한 번씩 꼬박꼬박 간다.
혼자 이 정도 신경 쓰고 관리하면
건강해질 수밖에 없다는 생각이 든다.
내 몸을 더 사랑하고 더 위해주게 된다.
1인분의 삶이니까.

'장가이버'가 되고픈 기계치

샤워기 헤드를 교체했다. 수압이 약해 불편하기도 했고 위생상 한 번 교체하면 좋을 것 같았다. 그런데 죽을힘을 다해 꽉 조였는데도 이음새 틈으로 물이 샜다. 머리 한 번 감는데 온몸이 젖는 등 불편함으로 짜증이 치솟았지만, 그렇다고 돈을 들여 사람을 부르자니 내키지 않았다.

집 안에 등이라도 하나 꺼지면 교체할 전구를 사놓기만 하고 그대로 며칠을 보낸다. 간단한 전구는 혼자서도 교체할 수 있지만, 막상 조명 커버를 여는 것부터 만만치 않은 등의 무게감에 사고가 날 뻔하기도 하고, 조명 커버를 잘못 덮었다가 다시 여는 일이 생기기도 했다.

어느 날은 TV를 켰는데 갑자기 오디오가 작동되지 않았다. 이유를 전혀 알 수 없고 꼭 보고 싶은 방송이 있는 것도 아니라 그대로 꺼버린 채 몇 달을 보내기도 했다.

컴퓨터에 이상이 생기면 불편한 채로 살아야 한다. 보통 컴맹이 아니라서 누가 해결 방법을 잘 알려줘도 적용을 못하거나, 스스로 해결한 후에 금세 잊어버리고 다음에 비슷한 일이 생기면 마치 처음 겪는 일인듯 어렵게 해결해야 했다.

이런 일상의 해프닝들을 이야기하면 여자가 혼자 사니까 당연히 벌어지는 일처럼 여겨진다. 나도 그런 것처럼 별 반응을 하지 않았다. 그런데 어느 날 생각해 보니 이건 여자가 혼자 살아서 생기는 불편함이 아니었다. 의외로 형광등도 못 갈고, 망치질도 못하는 남자들도 많이 있다. 그저 개인의 문제고, 관심사의 문제였다. 사실 요즘 세상에 꼭 형광등까지 내 손으로 잘 갈 필요가 있는 걸까?

어느 방송에서 나와 동갑인 개그맨 송은이 씨가 '송가이버(송은이+맥가이버)'로 소개되는 장면들을 보게 됐다. 그녀는 고장 난 커피머신을 직접 뜯어고치고, 차가 살짝 밀리는 것 같다고 상태를 진단하더니 알아서 기본적인 정비를 뚝딱 마쳤다. 또 시간이 날 때 전자상가를 방문해서 각종 카메라와 기계를 구경하는 것으로 힐링한다고 했는데, 내가 갖지 못한 모습이라 참 인상적이고 매력적이었다. 여자가 그런 기계에 능한 것이 매력적인 것을 넘어서 송은이 씨가 살아가는 모습에서 '참 열심히도 진심을 다해 살아가는구나.' 하는 인상을 받았다. 그런 점에서 송은이 씨가 다시 보이고 부럽기도 했다. 한편으로 그런 재주에는 무능하고, 좀 더 열심히 스스로 해결 능력을 키우지 않았던 나 자신이 조금 아쉽게 느껴질 뿐.

내가 할 수 있는 일이 더 많다면 혼자의 삶이 좀 더 편안해질 것이다. 하지만 잘 못한다고 해도 요즘은 해결해주는 서비스 직업군들이 많이 있다. 형광등은 그들을 활용하면 될 일이다. 결국 샤워기 헤드와 형광등 교체 등은 동네 인테리어 가게 사장님이 해결해주고, TV 오디오 소리는 전원을 모두 껐다 켰더니 해결됐다. 컴퓨터의 불편함도 옆에 있는 지인들을 통해 해결해보면서 어찌어찌 큰 문제 없이 흘러가고 있다.

다만, 남에게 덜 의지하고, 송은이 씨처럼 송가이버 수준은 못 되더라도 조금만 기계와 더 가까워질 수 있으면 좋겠다. 누군가 쓰고 있는 휴대폰 기종이 뭐냐고 물어도 바로 답이 튀어나오지 못하는 내가, 제품 설명서 읽는 것을 제일 싫어하는 내가 과연 가능한 일인지 모르겠지만, 세상의 흐름을 따라가기 위해서도 요즘 이런 노력이 생활 곳곳에서 많이 필요해지고 있다. 혼자 살아가면서 기술과 친해지고, 좀 더 많은 해결 능력을 가지면 편하겠지. 그래서 여자 혼자 살면 이도 저도 못 할 거라는 편견을 싹 지워줄 수 있도록….

우아한 혼자만의 집밥

마트에 없는 게 없을 만큼 간편식이 쏟아지고, 새벽 배송으로 밥상을 받는 편리한 세상이다. 굳이 집에서 식재료를 다듬고 요리를 하지 않아도 먹고 사는 데 아무 지장이 없다. 그래도 나는 요리를 한다. 주로 주말에 공을 들여 만들어 먹던 집밥이 코로나 19 이후 매일 일상이 되었다.

"오늘은 뭐 해 먹을까?" 하고 냉장고를 문을 열면 냉장고 안은 거의 4인 가족 수준이다. 다른 건 몰라도 내가 냉장고 부자는 될 것 같다.

냉장고 안이 늘 풍성한 것은 엄마가 각종 김치, 된장, 고추장, 간장, 청국장까지 담가주시고 질 좋은 국내산 고춧가루와 다진 마늘, 들기름, 참기름, 통깨, 들깨가루, 매실액, 멸치 등 각종 양념을 떨어질 새 없이 챙겨주시는 데다 나 역시 장을 즐겨 보는 편이기 때문이다.

언제든지 구워 먹을 수 있는 육류, 수산물, 냉동식품들로 꽉 차있고, 신선식품도 버리는 일 없이 쓰기 편하게 손질해서 냉동실과 냉장실에 나눠둔다.

매주 잡곡밥을 6인용 밥솥에 가득 해서 그때그때 먹기 좋도록 냉동밥을 만들어두고, 육수를 한 냄비 끓여둔다. 그러면 각종 찌개며 조림, 잔치국수, 수제비 등 그 무엇을 하든 육수를 활용하고 조리 시간은 반으로 줄일 수 있다.

한 달 새 내가 만들어 먹었던 집밥 식단 일부를 적어 보면 대충 이렇다.

1. 우렁이를 한 줌 넣어 끓인 칼칼한 청국장찌개와 오븐에 구운 간고등어 구이

2. 토마토 육수에 각종 해물을 넣어 자작하게 끓인 해물 뚝배기 파스타, 그리고 내가 직접 만든 각종 야채 범벅 피클

3. 엄마가 주신 한우 사골에 끓인 떡 만두국과 김장 김치

4. 육수에 각종 야채와 세발낙지를 넣고 끓인 연포탕과 화이트 와인

5. 묵은지와 깻잎 김치, 유부 등으로 싼 쌈밥, 둥글게 썰어 몇 장 바삭하게 부친 애호박전

6. 전통 시장 가서 사온 흑두부로 만든 두부김치 볶음과 꼬막을 살짝 데쳐서 양념장을 뿌린 꼬막 양념장, 그리고 막걸리 한잔

7. 불린 당면에 굴소스와 각종 야채를 넣어 볶은 잡채로 잡채덮밥

8. 혼자서도 집에서 잘 구워 먹는 삼겹살, 새콤달콤하게 무친 파채와 다양한 쌈, 소주 한잔

9. 간단히 때우기로 한 날에는 얼큰한 라면에 고수 한 주먹

10. 무를 넣고 갖은 양념으로 잘 조린 코다리찜, 여기에 불린 당면 한 주먹

집에서 하루에 두 끼를 먹는데, 한 끼는 가벼운 샐러드식으로 부담을 줄이고 다른 한 끼는 웬만한 외식 메뉴 못지않게 잘 차려 먹으려고 노력한다.

상을 차릴 때는 테이블 매트를 깔고 수저를 놓는다. 라면 하나를 끓여 먹더라도 냄비째 두고 먹지 않고 그릇에 옮겨서 역시 테이블 세팅을 한다. 밑반찬과 김치는 반찬통째 놓지 않고, 대신 설거지를 줄이기 위해 큰 접시에 먹을 만큼 조금씩 꺼내 담는다. 그래야 과식도 줄이고, 반찬을 오래 보관할 수 있다.

접시는 저마다 다른 모양과 색깔을 꺼내 쓴다. 여러 사람이 함께하는 식탁은 통일된 그릇이 좋겠지만, 혼자 먹는 밥상에선 음식을 돋보이게 하는 그릇으로 색깔도 모양도 재질도 다양하게 섞어 쓰는 게 재미있다. 평소에는 캐주얼한 테이블 세팅을 선호하고, 가끔은 차분하게 백색 도자기 그릇 등에 정갈하게 차리기도 한다.

마지막으로 내 식탁에서 빠지지 않는 것이 있으니 바로, 소이캔들이다. 캔들을 켜면 저절로 분위기가 연출되는 효과도 있고, 아파텔에 살다 보니 환기에 취약해서 음식 냄새를 잡을 수 있다. 캔들은 꼭 천연 에센셜 식물오일로 내가 직접 만든 소이캔들을 사용한다. 인공오일을 쓴 파라핀 캔들은 음식 냄새와 섞여 두통이나 구토를 유발하기 때문에 나는 절대 사용하지 못한다.

시간이 있을 땐 술도 즐기는 편이다. 와인 한두 잔

이나 개성 있는 전통주, 맥주 등 그때그때 재미 삼아 다양한 맛을 즐기고, 혼자 식사할 때만큼은 마치 프랑스식처럼 천천히 오래 식사 시간을 즐기는 편이다. 누군가와 식사할 때처럼 반드시 대화해야 할 의무도 사라지고, 상대방의 식사 속도에 맞출 필요도 없다.

가끔 사람이 그리울 때도 있다. 혼자 먹으려고 차린 밥상이 유난히 근사한 날이나 추억의 음식을 먹게 되는 날엔 음식과 함께 떠오르는 그 사람과 마주하고 싶다. 식사를 하다 보면 초대하고 싶은 사람들이 계속 떠오른다.

"대충 라면 끓여 먹었어요."

"오늘도 치킨 배달."

"하루 종일 너무 바빠서 한 끼도 못 먹었어요."

SNS에 글을 올리고 있는 부실한 밥상의 주인공들을 보고 있으면 모두 초대해 식탁에 둘러앉히고 싶다. 누구나 늘 따뜻한 집밥이 그립다고 한다. 멀리 떨어져 있는 엄마의 손맛이 담긴 음식, 고향의 맛은 어디서 돈 주고도 사 먹을 수 없는 그리움이다. 늘 고급식당을 드나드는 게 일상인 사람이라도 허기질 때가 많다.

"집에서 시원한 소고기뭇국에 막 지은 밥 한 술만 뜨면 딱 좋겠는데."

그 평범한 집밥 먹기가 더 어려워져서 말이다.

"언제든 오세요. 냉장고에서 뭐라도 나올 거예요."

나는 늘 사람들을 초대한다. 집밥을 만들어 먹으면 마음이 풍요로워진다. 별로 차린 것이 없어도 있는 밥과 반찬으로 언제든지 상을 차려줄 수 있는 게 집밥이다. 어릴 때 집에 갑자기 손님이 찾아오면 엄마가 그랬다. 정말 있는 밥과 김치, 한솥 끓여둔 국 한 그릇을 떠서 밥상을 차렸던 생각이 난다. 집밥을 먹고 나 스스로를 대접하면 남도 대접하고 싶은 풍요로운 마음이 드는 것 같다. 남을 위해서도 테이블 매트를 깔고 차려줄 수 있는 마음. 혼밥에 익숙하고 즐거우면서도 아직은 내게 그 마음이 자리 잡고 있다. 혼자 살아도 마음만은 풍요롭다.

좋은 사람에게 사랑받을 의무

비교적 착하고 좋은 사람들을 만나서 사귀고, 결혼도 하고 남들처럼 평범하게 살아보려 했다. 그런데 혼자가 됐다. 사랑…. 여전히 뭔지 모르겠다.

김숨 작가의 단편소설 중 〈이혼〉의 마지막 페이지에 이런 구절이 나온다.

"나는 당신의 신이 아니야. 당신의 영혼을 구원하기 위해 찾아온 신이 아니야. 당신의 신이 되기 위해 당신과 결혼한 게 아니야."

나도 내 영혼을 구할 주제가 못 되어 결혼을 했으니 말 다 한 것이다. 이생망, 이번 생은 제대로 망했다.

영화 〈먹고 기도하고 사랑하라〉에서 리즈가 하는 말은 다 내 마음에서 하는 말과 같았다.

"내 삶도 감사하지만 너무 힘들어요. 어떻게 해야 할지 모르겠어요."

"아침에 눈을 뜨면 열정, 의욕, 식욕…. 아무것도 안 느껴져. 난 변하고 싶어. 사랑할 가슴도 없어. 모든 열정을 회복하고 싶어."

정말 오롯이 회복하고 싶었다. 사랑할 때 그토록 좋고 행복했던 날들은 어디로 가고, 내가 다 소모돼버린 것처럼 에너지가 바닥나있었다. 삶의 의욕도, 희망도, 목표도, 즐거움도 모르고 꺼져가는 불꽃 같았다. 힘든 것을 다 내려놓고, 내 인생을 리셋하고 싶은 마음뿐. 모든 것을 잃고 싶지 않았다. 내가 살아온 날들이 그렇게 아무것도 아닌 날들은 아니었다.

'대체 무엇이 그토록 힘들었을까?'

구구절절 다 생략하고 단 한 줄로 설명하자면, 그때의 나는 사랑받으며 살고 싶었다. 서글프게도 그 마음 하나가 심연 위에서 떠올랐다. 도무지 아무 기쁨도 감동도 의욕도 없이 방황하던 마음들. 속수무책으로 절망했고 속수무책 질타를 당하고 속수무책 답이 없었다. 사랑하고 사랑받기 위해 결혼을 하고, 편안한 안정감과 행복을 느끼고 싶었지만, 혼자일 때보다 더 외롭고 괴로우며, 오늘보다 다가올 내일이 더 두려운 날들이었다.

무덤 속이든 엄마 뱃속이든 지구 밖이든 나에겐 도피처가 필요했다. 철저히 혼자가 되어 더 이상 상대를 원망하고 불평하면서 매일 내 불행을 확인하고 싶지 않았다. 그리고 다시 혼자가 되었을 때 큰 산을 넘어선 기분이 들었다. 이번 생은 나에게 몇 번의 큰 산을 넘어선 쉽지 않은 여정 같지만, 다행히 나는 추락하지 않고 또 한 번의 큰 산을 넘었다.

몇 년간 혼자 있으니 주변에서는 이 사람 저 사람 만나 연애를 즐기라고 한다. 가벼운 만남을 즐기고 살라고 한다. 답답하다는 듯 취급하는 사람 때문에 화가 나서 어느 날 감정적으로 누군가를 만나봤다. '그까짓 연애가 별거니. 내가 안 만나지 못 만나니?' 하고 자존심이 상해서 쉽게 누군가를 만났다. 그런데 뒷맛이 영 좋지 않은 결과를 남겼고, 쉽게 사람을 만났던 나 자신에게 미안하고 실망스러웠다. 가볍게 사람을 만나면 나 또한 가볍게 취급되고, 시간과 에너지만 낭비될 뿐 남는 게 없었다. 정현종 시인의 시처럼 "사람이 온다는 건 실은 어마어마한 일이다. 그는 그의 과거와 현재와 그리고 그의 미래와 함께 오기 때문이다."

인연의 무게가 이토록 엄청난 것을 잠시 잊고, 사람들의 말에 휘둘렸던 때가 오히려 더 위험했던 인생의 고비였다. 결혼 생활도 그랬듯 적어도 미련도 부끄러움도 없이 떳떳하게 살아왔는데, 무의미한 만남과 시간 낭비가 나에게 흑역사가 되었다. 나는 아직도 성찰

이 부족한 인간이었다. 나에 대한 사랑과 예의도 부족했다. 정말 좋은 사람을 만났다고 생각했을 때…. 자칫하면 정말 좋은 사람을 놓칠 뻔했다고 생각하니 깨닫게 됐다. 더 잘 살아야겠구나….

〈이매진 존레논전展〉에서 잊지 못할 사진 한 컷을 만났다. 존 레논이 나체 상태로 그의 아내 오노 요코에게 아기처럼 매달려 누워 있는 작품이었다. 그에게 아내가 어떤 존재인지, 아내에게 그는 어떤 존재인지, 굳이 설명하지 않아도 이 한 컷으로 알 수 있었다. 그의 인생을 한 줄로 정리하자면 '요코를 만남'이었다. 그 어떤 설명이 더 필요할까.

일본의 전위예술가인 오노 요코는 존 레논보다 7살이 많았으며 두 번 결혼하고 두 번 이혼하고 아이도 있었다. 그런데 존 레논에게 그런 사실은 전혀 중요하지 않았다. 예술가를 만나고 싶었던 존 레논은 그녀의 예술세계에 푹 빠졌고 팀 내 불화와 팬들의 원성에도 불구하고 전위예술가, 사회운동가로 변신했다. 한 사람의 인생을 통째로 변화시키는 운명적 만남과 사랑도 그저 예술 작품 같기만 했다. 어떻게 사랑이 그토록 큰 힘을 발휘해 삶의 모든 변화를 가져올 수 있는지….

남다른 사랑을 하는 사람들을 보면 누구보다 자신

을 사랑하는 사람들이었겠다는 생각이 든다. 자신들의 세계를 살고, 꿈꾸는 바가 확실하고, 어떤 사랑을 하고 싶은지도 분명하다. 거친 풍파 속에서도 삶을 원하는 방향대로 끌어가는 사람들은 그 꿈을 운명으로 바꿔놓기도 한다. 자의식이 강한 존과 요코는 자신들의 사랑으로 다른 사람들과 많은 불화를 겪기도 하지만, 자신이 원하는 사랑을 했다.

'당신을 만남', 그토록 운명적인 순간. 그건 자신에 대한 사랑에서 비롯된 것이다. 누군가를 만나 사랑에 빠지기를 꿈꾸지만 그런 사랑은 쉽게 다가오지 않는다. 다만, 누군가를 만나 사랑하기 위해서는 자신을 사랑하는 법을 알아야만 한다. 자신을 사랑해야 자신이 원하는 것을 알 수 있다. 그렇게 운명적으로 만나 그를 알아보기 위해서 나를 사랑해야 한다.

누구나 자신을 인정해주고 사랑해주는 사람을 만나면 행복하다. 자신을 질책하고 자신의 단점만 보게 하는 사람을 만나는 건 나에게 상처 주는 일이다. 나를 사랑해주고, 내가 더 좋은 사람이 되고 싶게 만들어주는 사람을 만나 행복해야 한다.

그런 좋은 사람을 만나 사랑받기 위해서는 나를 더 사랑해야 한다. 자신을 사랑하는 일이야말로 '무조건'이어야 한다.

좋은 사람

맛있고 자극적인 것은
중독성이 있다.
자극적인 입맛대로 즐기다 보면
배탈이 나기 십상이다.
불량 식품일수록
맛있고 자극적이다.
탈이 나서 앓고 나면 깨닫는다.
내 몸에 맞는
좋은 음식을 먹어야지.
식습관을 올바로 해야지.
사람도 마찬가지다.

양질에 신경 써서
내 인생 식탁 위에 올려야지.

옷장 문을 열며

옷장 문을 열면
옷들이 숨 쉴 공간도 없이 걸려 있는데
나는 매일, 계절마다 입을 게 없다.

사는 날들도 매일, 계절마다 새로울 게 없다.

새롭게 매치해 입어야 진정한 멋쟁이.

필요한 건 더 많은 옷 대신 감각.
그리고 당당한 나.

매일 새로운 날들도 그렇게….

나에 대한 관찰

요즘은 사진 찍는 일이 흔한 일상이 되었지만 찍히기 싫어하는 사람들도 많다. 그들의 말은 대체로 "나이 먹으니까 사진 찍기가 싫어. 너무 나이 들어 보여."라는 거였다. 심지어 부모님도 "주름살은 늘고, 머리숱은 줄고…. 사진 찍으면 보기 싫어."라며 찍히는 걸 부끄러워하셨다.

그런데 사십 대 중반이 지나고 사진을 찍다가 알게 됐다. 나도 나이를 먹고 있었다는 걸…. 이상하게도 사진 속 모습은 실제 모습보다 더 나이 들어 보였다. 축 처진 인상과 칙칙한 피부, 생기를 잃은 표정.

사람의 얼굴이라는 게 정말 마음의 거울 같다. 웬만한 일들은 비싼 화장품과 애써 지은 미소로 잘 포장할 수 있을지 몰라도, 근심이 깊어지고 우울해지면 그 무엇으로도 완벽하게 덮을 수 없다. 참 신비롭게도 눈은 그 사람의 마음이 어떤지, 어떤 생각을 하고 있는지까지도 투시하곤 한다.

사십 대에 들어섰을 때 내 인생은 즐겁지 않았다. 욕구 불만과 스트레스로 가득했고, 그런 심리가 여지없이 인상에 드러났다. 웃어도 웃는 게 아니었다. 사진 속에 내 모습은 내 마음 그대로 우울하고 지쳐 보였다. 게다가 미세한 기미 잡티로 눈 밑이 어두워지고 있었다.

외모에 자신감까지는 아니지만 생긴 대로 감사하고 살자는 마음이었다. 평소 특별한 관리도 하지 않았다. 한여름에도 햇빛 쬐는 것을 좋아해서 기껏 선크림 하나 바르고, 해바라기마냥 해를 쫓아다니면서 내리쬐는 대로 받았다. 그런데 처음으로 외모에 대한 고민이 시작됐다. 예뻐지는 것은 둘째 치고 축 처진 인상을 펴고 탄력과 생기를 불어넣고 싶었다.

그런 문제는 좋은 화장품을 쓰거나 피부 관리를 받는다고 해결될 일이 아니었다. 내 삶에 전반적인 큰 변화가 필요했다. 나를 괴롭히는 문제를 해결하고, 마음가짐과 생활 습관을 바꾸는 노력이 절실했다. 실제 삶에서 정리할 문제들은 정리하고, 운동을 시작하고, 그때부터 많은 변화를 가지기 시작했다.

그리고 내 모습을 동영상으로 촬영해보았다. 내가 평소에 어떤 표정을 짓는지, 어떻게 말하는지, 어떤 버릇이 있는지 관찰해보기로 했다. 그런데 촬영을 해보고 깜짝 놀랐다. 무의식 중에 까칠하고 시니컬한 표정을 자주 짓고 있었다. 쌍꺼풀이 없는 내 눈은 내리깔고 있으면 무척 우울하고 예민해 보였다. 말투도 영상을 통해 들을 때 더 차갑고 시니컬했다. 사람들에게 평소 어떤 인상으로 보였을지 짐작이 됐다.

그런 인상이 외모까지 바꿔놓지 않도록 바로 잡아야겠다는 생각이 들었다. 무의식 중에도 입꼬리를 계속 올리는 연습, 눈을 좀 더 크게 뜨고, 얼굴에 온화한 미소를 싣는 연습을 했다.

그랬더니 조금은 나아 보인다. 당장 크게 달라질 일이 없지만, 관찰하는 내 마음도 달라지는 것인지 모른다. 외모를 바꿀 수는 없지만 인상은 바꿀 수 있다. 좀 더 온화하고 편안한 모습으로.

남들의 표정이나 말투, 일거수일투족에 관심이 많은 반면, 자기 자신이 어떻게 비춰지는지는 잘 생각하지 않고 산다. 중요한 건 나다. 지금 내 모습이 어떤지 관찰하고 가꾸는 것. 지금 한 번 스스로 찍어보길 추천한다. 내가 어떤 표정인지….

사랑이 힘든 멋진 그녀들

사회생활 하면서 만난 멋진 여성들이 꽤 많다.
능력 있고, 예쁘고, 똑똑하고, 인성도 좋고,
모든 것이 너무 완벽할 정도로 좋은 친구들.

그런데 내 주변에는 유독
결혼 생활이 불행하거나,
연애가 힘들거나,
제대로 된 연애 경험 한 번 없어
다 사랑이 쉽지 않다고 말한다.

사람들은 말한다.
남자 보는 눈이 높거나,
남자 보는 눈이 없어서 그렇다고.
이건 마치

세상에 반은 남자, 반은 여자와 같은
단순 논리 아닌가.

주변에 좋은 여자들은 많은데
좋은 남자들이 없어서 안타깝다고
너 나 할 것 없이 공감하는 마음.

결국 좋은 남자가 없는 세상이
여자들에게 요구한다.

혼자서도 잘 놀고 잘 살고
행복할 수 있는 방법을 찾으라고.
그게 현명하다고.

아니면 누굴 만나 사랑하고 실패하고
설사 몇 번을 만나 실패해도 상처받지 말라고.

멋진 여성들이여,
당신들이 진정 갑이 되라고.
(쉿. 사실 나에게 하는 말)

Part 5.

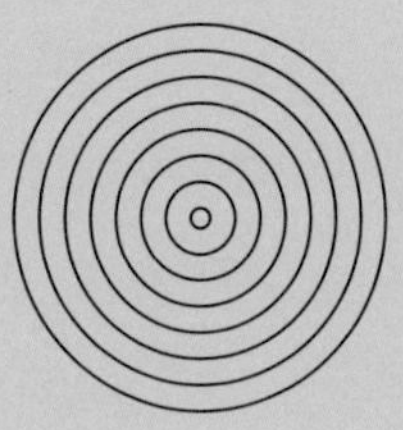

내가 나를 안아준다

다 때가 있다

어느 날 '지금까지 살아오면서 나를 지탱해온 가장 큰 힘이 무엇이었을까?' 하고 생각해봤다. 어떤 힘으로 살아가고 있는 건지, 내 힘의 근원에 대한 질문이었다. 바로 답이 떠올랐다. 그건 '자부심'이었다.

별로 내세울 것 없이, 누구의 도움도 없이 방송 일을 시작했을 때부터 지금까지 자부심 하나로 견뎠다. 스스로 기회를 만들고 언젠가 좋은 때가 올 것이란 믿음으로 기다리는 것. 그 마음이 내가 할 수 있는 최선이었다.

나는 남들보다 열악한 여건 속에서 방송 일을 시작해, 무려 10년간 빛을 못 보고 살았다. 처음 방송을 시작할 때 받은 돈이 고작 월 40만 원. 차비라도 받고 하겠냐는 열정페이 조건을 받아들이고 겨우 방송국에 발을 내딛을 수 있었다.

그래도 "이런 방송을 듣는 사람이 얼마나 있겠어?" 보다는 "내 방송을 듣는 사람들도 있어!" 하고 내가 쓴 원고가 전파에 실리는 그 순간의 희열을 만끽하면서 즐겁게 일했다. 돈은 많이 못 벌지만 방송이 나가는 것을 들으면서 부모님도 내가 하는 일을 자랑스럽게 여겨주셨고, 나는 반드시 성공하고 싶었다.

그런데 10년쯤 됐을 때 돌아보니, 내가 생각했던 10년 후의 모습과 실제 내 모습은 거리가 멀었다. 자부심은 꺾이고, 미래는 불안하기만 하고, 절친한 후배들은 하나둘 방송국을 떠났다. 더 늦기 전에 나도 그만 다른 일을 찾아봐야겠다는 생각이 들었다. 10년간 해볼 만큼 해봤으니 그만두더라도 더 이상 미련은 없을 것 같았다.

그때 KBS의 한 경제 프로그램 작가가 출산으로 일을 쉬는 동안 두 달간 대타를 해주기로 했다. '경알못(경제를 잘 알지 못하는 사람)'이지만 대타니까 잠깐 도와주자고 하게 된 일인데, 그 일이 끝날 때쯤 옆 팀에서 지켜보던 피디께서 프로그램을 같이 해보자면서 러브콜을 보냈다. 그렇게 만난 것이 KBS 간판 경제 프로그램이던 〈성공예감 김방희입니다〉의 전신인 〈김방희 조수빈의 시사플러스〉였다.

타이밍이라는 것이 정말 묘했다. 그토록 손을 뻗으

며 기다릴 때는 아무리 애써도 이뤄지지 않더니, 자부심마저 꺾이고 지겹고 지쳐서 떠나려는 순간 기회가 찾아왔다.

'모든 일에 때가 있다.'

'준비된 사람이 기회를 잡는다.'

이런 도덕 교과서에서 나오던 공허하기만 했던 말들이 모두 인생의 진리임을 스스로 경험하게 된 것이다. 그때부터 인생이 다르게 보이기 시작했다. 시간이 많이 걸릴지라도 꿈꾸고 노력하는 일은 분명 결실을 가져다준다는 것. 또 '이것이 천직이구나. 천직은 스스로 만들어갈 수 있다.' 하는 믿음이 생겼다.

이후 15년간 줄곧 경제 프로그램을 쭉 해오면서 최종 목표였던 〈이진우의 손에 잡히는 경제〉까지 해내고 나니, 이제 조금 뭔가 한 것 같은 기분이 든다. 좋은 분들과 일하면서 함께 성장할 수 있었던 시간이었다.

나에게 일은 어떤 일이든 누군가에게 부탁하고, 도움을 받아서 쉽게 이뤄진 적이 단 한 번도 없었다. 심지어 개편 때에도 나는 자존심만 세울 뿐 아쉬운 말을 할 줄 몰라 긴장한 채로 시간을 조용히 보낼 뿐이었다. 그 시간을 극복해낼 때마다 자부심은 더 커져 있었다.

시간을 견딘다는 것은 참 힘든 일이다. 살아온 많은 시간은 인내심으로 흘러왔다. 내가 원하는 곳에 도달하기 위해 쉽게 갈 수단과 방법을 아무리 찾아봐도 인내심을 키우는 것밖엔 달리 방법이 없다. 아무리 성격이 급하고, 사정이 급해도 다 때가 와야 무르익고, 수확의 기쁨을 맞는다. 내 삶에서 그것을 경험하고 나니 더 이상 급하고 안달하는 마음을 먹지 않게 된다.

'긴 안목으로 현재를 살아라.'

다도를 하는 모리시타 노리코가 쓴《매일매일 좋은 날日日是好日》에서 발견한 이 말은 나에게 지침이 되었다. 그녀는 처음 차를 배우기 시작했을 때 무엇을 하고 있는지 뭐 하나 잡히는 게 없었다며, 지난 26년간 그것이 단계적으로 보이기 시작했고, 지금은 왜 그렇게 하는지 어렴풋이 알게 됐다고 고백한다. 삶이 버겁고 힘들 때, 캄캄한 어둠 속에서 나를 잃었을 때 차를 통해 얻게 된 긴 안목으로 현재를 살라는 깨우침.

어차피 모든 일은 때가 있으므로….

나는 내가 지킨다

학창 시절, 늦은 귀갓길 골목 끝에는 엄마가 있었다. 엄마의 모습이 보이지 않아도 기다려주는 엄마 아빠가 있다고 생각하면 안심이 됐다. 그런데 부모님 곁을 떠나니 밤길이 무서웠다. 부모님처럼 나와서 기다려주는 사람도 없고, 스스로 조심하며 살 수밖에 없었다. 그래서 나는 늦은 시간에 다니는 것을 별로 좋아하지 않는다. 자정이 넘어가는 회식이 싫었고, 아무리 술을 마셔도 밖에선 정신을 바짝 차리고 있다가 심지어 남자들까지 택시에 태워 보내고 나서야, 집에 가서 쓰러졌다. 밤 12시에 끝나는 심야 시사프로그램을 할 때 가장 힘들었던 것은 매일 밤 늦게 귀가해야 한다는 것이었다. 끝나고 차가 없는 우리 팀 식구들을 집에 데려다주고 나도 집에 도착하면 새벽 1시. 이때 지하주차장에 차를 대고 집에 들어가는 그 시간이 괜히 불안하다는 것이 프로그램을 옮기게 된 이유 중 하나가 될 정도로 늦은 시간 집에 돌아가는 것이 무서웠다.

그러다가 후회될 일을 하나 만들고 말았다. SNS를 통해 사람을 만났는데, 그날부터 그의 괴롭힘이 시작됐다. 그런데 그런 일이 생기고 보니 그에 대해 내가 아는 게 전혀 없었다. 내가 정말 제정신이 아니었구나 생각하니 한심해서 견딜 수가 없었다. 잘 살아보려고 애쓰고 살아도 누가 제대로 알아주는 것도 아니고, 착하고 반듯하게 살아봐야 고지식하다는 취급이나 당하니, 나도 누구 말처럼 그냥 쉽게 사람도 만나보고, 막 살아볼까 싶기도 했는데 그것도 아무나 하는 일이 아니었다. 누군지도 모르는 사람을 단 한 번 만난 것으로 그런 괴로움에 빠질 줄은 몰랐다. 이런 게 스토킹이구나 싶어 주변 사람들에게 알리고 조언을 구했지만, 문제는 언제 어떻게 나 홀로 마주칠지 모른다는 불안감에 한동안 시달려야 했다. 처음엔 문자와 연락을 차단하는 것도 두려웠다. 아무것도 아는 게 없는데 어떤 상태인지조차 파악을 못하고 있으면 안 될 것 같은 생각이 들어서….

언젠가는 초저녁 산책에 나섰다가 들어오는데, 뭔가 싸한 느낌이 들어서 돌아봤더니 어떤 남자가 내 등 뒤에 바짝 다가서 있었다. 이어폰을 끼고 있던 터라 전혀 주변 소리를 듣지 못했더니 그런 상황이었다. 다행히 나만큼 놀란 남자는 나에게서 자동으로 떨어져 나가 앞서 걷기 시작했는데, 가다가 돌아보고 가다가 또 돌아보고…. 한참을 그런 뒤 4거리 교차로에서야 시야에서 사라졌다. 그런데 집 앞에 도착했는데, 소름 끼치게 그 남자가 내가 사는 단지 앞에 와서 기웃대고 있는 게 아닌가. 나는 잠시 숨어있다가 그를 피해서 집으로 들어갔다. 그 후로 한동안 불안했고 저녁 산책도 할 수 없었다.

평소에 가전제품 AS 등 집에 사람 부를 일이 생기면 늘 어렵다. 모르는 사람을 집에 들이기가 싫어서 평소 내 성격과 다르게 문제 해결을 미루고 미루는 일이 자주 생겼다. 컴플레인을 걸 만한 일도 주로 참는 쪽을 많이 택한다. 컴플레인 걸었다가 찾아온 사람이 있었다는 소름 끼치는 이야기를 듣고 난 뒤, 참지 말아야 할 일도 참아야 하는 슬픔을 배웠다.

불안한 일들이 있고 나서 주변 사람들에게 알리고 이야기를 해보니, 놀랍게도 내 주변의 많은 여성들에게 한두 번쯤 그런 경험이 있었다. 혼자 사는 여성들이 반려견을 키우는 것도, 특히 큰 개를 키울수록 당연히 개를 좋아하기도 하지만, 방호를 위한 목적도 크다는 걸 뒤늦게 알았다. 한 후배는 자신의 경험을 들려주면서 호신용품을 구입해서 쓰라고 알려주었다. 그런 걸 소지하는 순간, 그런 일이 생길 것만 같은 불길한 마음도 들었지만 다 쓸데없는 상상일 뿐. 내가 나를 지키려면 좀 더 적극적인 방법이 필요했다. 그래서 처음으로 그런 제품들을 찾아보고, 가스총, 스프레이 등을 구입해서 들고 다닌다.

세상이 흉흉해지면서 혼자 사는 삶은 좀 더 취약해지는 게 사실이다. 설사 스토킹을 당하고 생명의 위협을 느껴도 실제로 어떤 일이 생기기 전엔 도움을 받을 수도 없다. '스토킹 방지법'은 아직 국회에서 잠자고 있고, 그로 인해 아무리 많은 여성들이 고통을 받아도 경범죄로밖에 처벌할 수 없다. 인터넷에 '스토킹'을 검색하면 연예인을 비롯한 피해자들이 쏟아지는데, 왜 적극적으로 피해자를 보호할 생각을 안 하고 있는지 답답하다. 국회의 반을 여성으로 교체하면 살기가 좀 수월해질까? '스토킹 방지법'이나 성폭력과 관련된 문제들에 더 노력해주었으면 하는 바람으로 늘 정책을 다루는 뉴스를 지켜보고 있다.

노후가 되면 공동주택이 아닌 일반주택에서, 도심이 아닌 전원생활을 하며 살아가고 싶지만 혼자서는 가능할 것 같지 않다. 사실 지금보다 더 나이 들고 힘없을 때 혼자를 걱정하게 된다. 마당에 사냥개 한 열 마리쯤 풀고 살면 가능할까?

나는 내가 지켜야 한다. 혼자 산다는 건 그런 것이기도 하다. 나에게 일어나는 일들이 있을 땐 주변에 솔직하게 공유하고, 내 생활을 늘 안전선 안에 넣어놓고 살려고 한다. 어떤 외부의 위협 없이 내면의 어려움으로도 불안해질 때도 있었다. 그럴 때 가까이에서 뛰어와 줄 사람이 있어 펑펑 울고 나서 정신을 차리기도 했다. 가까이 그런 사람들이 많다는 것도 든든하다. 최소한의 무기는 갖춘 것 같다. 물론 누군가 있다고 나를 꼭 지켜주는 것은 아니니, 어차피 혼자든 둘이든 스스로 자신을 지킬 수 있어야 한다. 혼자는 좀 더 용기와 강심장이 필요할 뿐.

관종으로 살아가는 법

사람은 누구나 여러 가지 모습을 가지고 있다. 내가 아는 모습이 그 사람의 전부라고 생각하지 않는다. 나 또한 그렇다. 어떤 사람을 만나는지, 처음 캐릭터나 이미지가 어떻게 설정됐는지에 따라서 내 모습도 다양하다.

어떤 사람을 만날 때는 한없이 밝고 주도적인 반면, 어떤 사람을 만날 때는 조용하고, 또 누군가에는 시크하고 까다로운 이미지로 거론되기도 한다. 어느 것이 내 진짜 모습인지 나도 헷갈릴 때가 많다.

그런데 나이가 들면서 확실히 달라지는 점은 있었다. 나 스스로가 누굴 만나도 편안해지고, 외향적인 모습이 더 강해지는 것이었다. 삼십 대 중반 이후부터 여성은 남성호르몬이 증가하고, 남성은 여성호르몬이 증가한다더니 그 때문일까. 사회생활 연차가 많아지고 여유가 생겨서 그런 걸까.

SNS에서 개인 활동이 많아지면서 성격에 더 많은 변화가 생기는 것 같다. 4년 전만 해도 SNS에서 일과 관련된 것 외엔 나를 드러내는 일은 거의 없었다. 굳이 드러낼 일도 그럴 필요성도 못 느꼈다. 프로그램 홍보차 시작한 SNS가 하나의 일이 되었지만, 어떻게 활용해야 하는지도 모른 채 애매하게 서성이고 있었다.

그런데 어느 날 그 애매함이 나답지 않다고 느껴졌다. '난 대체 어떤 모습일까. 왜 이렇게 애매하고 답답할까?'에 대해 매일 고민했다. 내 앞에 벽이 놓인 느낌이었다. 그 벽을 부수고 싶었다.

나는 사실 그동안 나답지 않게 살았다는 생각을 했다. 내 속엔 늘 꿈틀대는 기운이 있었다. 학창 시절부터 남 앞에 서기 좋아했고, 어디서나 내 이름처럼 주연을 하고 싶었다. 맏딸 기질도 강해서 어디서나 내가 대장 노릇을 해야 했고, 누군가가 시키는 일은 잘하지 못했다.

하지만 그런 내면과 달리 실제 생활은 늘 억압되어 있었다. 그땐 콤플렉스도 많았고, 나서지 않는 게 미덕이라고 교육받았다. 방송 작가라는 일도 그랬다. 뒤에서 다른 사람들을 빛내주는 일이었다. 내 이름 석 자를 꺼내놓을 일이 별로 없었다.

그런데 어느 날 세상을 보니 다들 적극적으로 자신

을 드러내고, 그것으로 경쟁력을 키우면서 세상과 소통하고 있었다. SNS에서 활동하고 있는 후배나 지인들을 보니, 일도 일상도 사람들과의 관계도 활발하고 즐거워 보였다.

아끼는 후배는 어느 날, "언니가 하는 일들은 어차피 많이 알려져야 하고 사람들을 끌어야 하는데, 왜 적극적으로 활용을 안 해요. 하려면 확실하게 해요." 하고 동기 부여를 해주었다. 그 말을 계기로 나는 서서히 SNS에서 있는 그대로의 내 모습과 일상도 꺼내놓고, 다양한 사람들과 소통하고 만나면서 나다운 모습을 찾아나갔다.

사람들은 저마다 마음에 드는 사진이라도 한 장 찍거나, 자랑하고 싶은 일이 있으면 SNS에 올리고 사람들의 관심을 받기 원한다. SNS라는 게 그러라고 탄생된 공간이기도 하지 않던가. 물론 어떤 사람은 사회 비평을 위해, 또 어떤 사람은 업무와 자기 홍보를 위해, 또 어떤 사람은 감정을 배설하기 위해 활용한다.

나의 SNS 활용도 처음 시작과 달리, 일을 떠나 나라는 사람의 다양한 모습과 다양한 일상을 보여줌으로써 관심을 받고, 그것이 내가 하는 모든 일로 이어졌으면 하는 작은 바람이 있다. 일에 대한 이야기만 늘어놓을 때보다 내 일상을 보여줄 때 더 좋은 반응을 얻을 수 있었다. 하지만 사진 한 장 한 장을 올릴 때마다 '사람들이 뭐라고 할까?', '같이 방송하는 분들이 나를 어떻게 볼까?', '혹시 관종으로 비춰지지 않을까?' 하고 걱정을 많이 했다. '내 이미지나 일에 마이너스가 되는 것은 아닐까?' 하고 여간 신경이 쓰이는 게 아니었다.

그래서 관종에 대한 내 생각부터 정리할 필요가 있었다. 관종이 나쁜 것인지, 관종이면 안되는 것인지에 대해 진지하게 고민해보았다.

관종에 대한 부정적 이미지는 사회가 만들었다. 우리 사회는 누군가에게 칭찬을 들으면 극구 아니라고 하는 게 미덕이다.

"예쁘세요. 10년은 젊어보여요." 이런 인사를 건네면 내심 기분 좋으면서도, "아니에요. 당신이 더 예뻐요."처럼 지나친 겸손을 보이는 것이 예의라고 생각한다. 이러한 사고가 각자의 개성과 다양성에 인색하게 반응하게 하고 튀는 사람을 부정하게 만들었다. 그러니 스스로를 드러내고 과시하는 것에 대해선 더 부정적이기만 하다.

가끔 SNS 친구 중에 셀피를 자주 올리는 사람들에 대해 노골적으로 비난하고 여기에 호응하는 사람들이 있다. 그런데 SNS 속성과 활용이 그런 것이기도 한데, 그게 싫으면 싫은 사람들이 떠나야 하는 것 아닌가 하는 생각이 들 때도 있다.

그래도 최근에는 관종을 바라보는 시선이 긍정적으로 바뀌고 있다는 생각이 든다. 자기 관리를 비롯해 일과 일상을 열심히 살아가는 사람들의 모습을 보면서 부지런해야 관종도 하는 것이라는 생각이 저절로 드는 것이다.

나르시시즘도 때론 미덕이 되어 당당함 그 자체로 높이 평가받기도 하고 자신의 끼와 재능, 경쟁력을 보여주는 점에 대해 사람들은 꽤 긍정적으로 서로를 봐준다. 좋은 영향력을 받으면 그것이 자신에게도 좋은 영향을 미칠 것으로 기대하게 된다. '인플루언서'의 시대를 만드는 것은 관종에 대한 우호적인 사회 변화와 사람들의 인식 변화 덕분이다.

"너 관종이니?" 하고 삐딱하게 묻는다면 나는 당당하게 "나 관종이야. 그게 뭐가 문제인데?"라고 묻고 싶다.

관심이 돈이 되고 가치가 되는 세상이다. 더욱이 나는 관심을 받아야 하는 일을 하고 있고, 뒤에서 일만 열심히 한다고 다 알아주는 것은 아니라는 걸 무수히 경험했다. 라디오 방송 작가라고 하면 많은 사람들이 호감을 갖고 바라봐준다. 그것도 경제 프로그램을 한다고 하니, 스포츠 좋아하는 여성이 매력 있듯 더 어필하는 면도 없지 않은 것 같다. 내가 하는 활동이나 일상도 꽤 부지런하고 버라이어티한 편이다. 보통 사람들, 내 또래의 일상과 다른 풍경들이 많다. 그 속에 누구보다 바쁘고 부지런하게 살아가는 나의 활동들이 주목받는 게 좋고, 그걸 활용할 줄 아는 능력을 키우고자 한다.

SNS를 하면서 비로소 나다운 삶을 살아가는 느낌이 든다. 어쩌면 나를 펼치기 좋은 시대를 맞았다. 그것을 즐길 수 있다면 즐기면서 보다 실속 있는 삶으로 바꿔놓는 게 좋지 않은가?

나는 오히려 조금 더 적극적인 관종이 되고 싶다. 나보다 더 잘나고 더 부지런하고 더 멋있게 살아가는 사람들을 보면서 자극받다 보니, 여전히 관심을 받는 것이 부끄러울 때가 많다. 그래도 당당하게 관종이 되기로 한다. 또한 관심을 받는 만큼 멋지게 살자고 다짐하면서.

긍정적으로 잘 활용한다면, 사람들의 관심은 내게 좋은 성장 에너지가 되어준다. 남의 시선을 신경 쓰는 세상을 이왕 살 거라면 남의 시선 때문에 이도 저도 못하는 불편한 삶이 되지 말고 좋은 성장제로 관심을 활용할 줄 알아야 한다.

두려움 없이 떠날 용기

캠핑카 타고 세계를 누비는 사람들을 보면 참 부러웠다. 그 용기와 결단력. 그 경험을 한 이후에 그들이 가지게 될 세상의 크기.

나는 늘 똑같은 일상을 살아가면서 막연히 고민하곤 한다.

'좀 다르게 사는 방법은 없을까?'

'저마다의 인생이 있고, 각자 다양한 모습으로 살아가도 될 텐데, 우린 왜 똑같이 사는 삶을 강요당하고, 좀 더 주체적으로 뭔가 선택하지 못할까?'

'한 번뿐인 인생, 늘 이 좁은 곳에 머물면서 늘 반복되는 일을 하고 늘 만나는 사람을 만나고 이렇게 살아가는 것밖엔 길이 없는 걸까?'

어느 날 누군가 나에게 물었다.

"사랑하는 사람이 다 정리하고 떠나자고 하면 떠날 수 있어?"

나는 별로 고민하지 않고 떠난다고 답했다.

"다시 돌아왔을 때 집도 없고 직장도 없을 텐데, 그래도 떠날 수 있겠어?"

역시 난 고민하지 않고 떠난다고 답했다. 그 정도 용기를 낼 줄 알면 세상에 못 할 일이 뭐가 있을까? 또 그 경험 후에 인생에 얼마나 많은 변화들이 생기겠는가?

공부 잘해서 좋은 직장에 들어가고, 결혼해서 가정을 꾸리고, 아이들을 낳아 키우고, 그 아이들을 또 좋은 학교에 보내고, 아파트 평수를 늘려가고…. 우린 다들 그렇게 사는 것만 배웠다. 조금만 그 길을 벗어나면 다들 큰일 나는 줄로만 알았다. 남들 가는 대로 가고, 남부럽지 않을 만큼 성공해도 꼭 행복한 것도 아니다. 그러니 겉보기에 좋은 남의 인생도 부러워할 이유가 없다.

오히려 부러운 인생은 남들과의 경쟁의식이나 안일한 현재의 삶을 미련 없이 버리고, 용기 있게 내가 원하는 것을 선택해 충만하게 살아가고 있는 사람들이었다. 그들은 어떤 면에서는 조금 가난해졌고, 편안하고 화려한 삶과도 조금 멀어 보이기도 했다. 그런데 삶의 질은 더 풍요로워 보였다.

인생을 바꾸고 싶다면 사는 곳을 바꾸고, 삶의 방식을 바꾸고, 만나는 사람들을 바꾸고, 마음가짐을 바꾸고, 모든 것을 바꿀 수 있는 용기가 있어야 한다. 아무 변화도 주지 않고 저절로 어떤 변화가 생기기 바라는 건 모순이다. 가만히 있으면 절대 아무 일도 일어나지 않는다. 그래서 나는 늘 바꿀 수 있다는 생각으로 살아가고 있다.

한때 내가 좋아하는 제주 이민을 생각했다. 도시의 삶, 방송 일, 편안한 아파트. 그 모든 것을 버리고 다르게 살아보고 싶은 마음이 간절했다. 그곳엔 용기 있게 삶을 바꾸고 살아가는 멋있는 사람들이 유독 많았다. 물론 적응하지 못하고 다시 돌아가는 사람도 있었지만, 모두가 그 실패를 후회하지는 않았다. 오히려 자신의 삶의 가치를 찾아가기 위한 과정이었을 뿐.

내가 찾아야 할 내 삶의 가치는 무엇일까? 작가라는 직업으로 살고 있으니 다양한 경험을 쌓으며 살아가고 싶다는 생각을 늘 해왔다. 세상에 경험만큼 큰 자산이 없고, 작가는 경험하는 만큼 넓어진 작품 세계를 만나게 된다. 개인적으로 겪었던 많은 아픔과 불운도 '작가의 일'이라고 포장해보기로 했다.

평범하게 아이를 낳아 키우고 행복한 가정을 꾸렸더라면 결코 알 수 없었을 인생. 부유한 환경에서 아쉬움 없이 컸다면 못 느꼈을 성장통. 그 모든 것이 결국 내 세계를 넓혀주었고 나에게는 '작가의 일'이 되어주었다.

1억 원이 주어졌을 때, 그 돈으로 주식을 사는 사람과 세계여행 티켓을 끊는 사람이 추구하는 가치는 당연히 다르다. 어느 쪽이 정답이라고 할 수는 없다. 자신이 어디에 더 가치를 두고 있는지 저마다의 판단을 하고, 각자가 원하는 삶의 행복을 찾아나가면 될 일이다. 단, 남들과 똑같이 사는 것 말고, 정말 원하는 삶을 사는 방법에 대해 고민해야 한다.

세상이 급변하면서 우리가 배웠던 대로 노력하는 것이 행복을 보장해주지 않는다. 이제 욕심을 낮추고 더 행복해질 방법에 대해 고민하고 찾아 나갈 세상이다. 언젠가 원치 않아도 삶을 바꿔야 할 순간이 올 수도 있다. 그러기 전에 주체적으로 사는 방법을 바꾸고 더 용기 내서 살아야 한다.

"두려움 없이 어디든 떠날 수 있는 용기."

나는 그 마음이 시들지 않았으면 좋겠다.

"사람은 건배한 수만큼 행복해진대."

삶의 가치를 이런 데 두고 살아가고 싶다. 영화처럼….

나라는 브랜드 만들기

3년 전쯤 일에서 큰 위기를 겪었다. 모 방송사에서 4년간 하고 있던 경제 프로그램이 일주일만에 폐지되었다. 당시 내 소식을 듣고 지금 나와 MBC 라디오 〈이진우의 손에 잡히는 경제〉를 하고 있는 이진우 기자에게서 연락이 왔다. 그는 현재 100만 구독을 넘어선 〈삼프로tv〉의 전신인 경제 팟캐스트 〈김동환, 이진우, 정영진의 신과함께〉에 와서 일을 거들어 달라고 했다. 내가 최고의 진행자라고 생각하는 이진우 기자, 또 김동환 소장님의 러브콜이기에 감사한 마음으로 합류했다.

그렇게 몇 달을 〈신과함께〉에서 보내면서, 이전에는 시간이 없어서 못 했던 여행, 공부, 운동 등 평소 못 해본 많은 일들을 하며 재충전하는 기간을 가졌다. 그러면서도 가을 개편이 잘 풀려서 일을 하나 더 하게 되었으면 하는 바람이 있었다.

그런데 잔뜩 기대했던 일들이 다 꼬이면서 머릿속이 복잡해졌다. 더 이상 하고 싶은 일도 의욕도 다 사라져버리고, 차라리 〈신과함께〉도 내려놓고 긴 유럽 여행을 가야겠다는 생각이 들었다. 엎어진 김에 정말 제대로 쉬어갈 참이었다. 내 인생의 안식년이랄까….

답답한 마음에 천주교 신자임에도 불구하고 주변의 추천을 받아서 처음 철학관이라는 곳에 갔다. 앞으로 일이 어떻게 풀릴지 궁금하기도 하고, 긴 여행을 떠나도 될지 물어보고 싶었다. 바쁘게 살아오기만 해서 한가한 짓을 하려고 하니 내심 불안한 마음이 들었던 게 사실이다. '내가 이렇게 팔자 좋은 짓을 해도 될까?' 같은 걱정 속에 내가 듣고 싶었던 말은 정해져 있었다. "떠나라. 기쁜 마음으로 돌아올 수 있을 것이다."

그런데 철학관의 답변은 나의 이런 기대를 무너뜨렸다. 곧 일을 하게 될 것이고, 무조건 일할 시기니 여행은 가지 말라는 것. 그러면서 평생 내 이름 내 브랜드로 살아야 하니 더 적극적으로 일하고 끼를 발휘하며 살라는 것이다.

그 말을 무시하고 싶어서 다른 두 곳을 더 찾아갔다. 그런데 세 곳에서 들려준 이야기 중에 하나 일치하는 것이 '내 이름 내 브랜드로 살아야 한다'는 것이었다.

SNS에 개인적인 일상 등을 자주 올리고, 전에 없는 모습들을 많이 보이기 시작했지만, 그전까지 나는 나를 드러내지 않고 조용히 살던 사람이다. 방송 작가라는 직업 자체가 자신을 직접 드러낼 일이 별로 없는 일이다. 뒤에서 조용히 원고 쓰고, 방송 준비를 하고, 진행자와 출연자들을 빛내주는 일. 기껏 내가 빛날 일이란 '오늘 원고 좋았어.'라는 피드백 한 마디 정도. 그런데 내 브랜드를 새삼스럽게 어떻게 만들라는 것인지 고민스러웠다.

"무엇으로 내 브랜드를 만들까?"

"어떤 브랜드가 돼야 성공할 수 있을까?"

생각하다 보니 갑자기 의욕이 생겼다. 어차피 혼자 살아가면서 나라는 경쟁력을 더 키워나가야 할 텐데, '해오던 일들을 어떻게 더 성장시킬 것인가?'에 대해 진지하게 고민해볼 필요가 있었다.

이런 고민에 자연스럽게 답이 될 만한 일들이 바로 시작됐다. 철학관을 다녀온 지 얼마 지나지 않아서 KBS, MBC, 유튜브에서 3개 신규 프로그램을 동시에 론칭하게 됐고, 유럽 여행을 꿈꾸던 내 일상은 정신을 차릴 수 없을 만큼 바쁘게 돌아갔다.

나라는 브랜드가 가장 빛나는 곳은 역시 방송 현장이었다. 오랫동안 해오던 일이지만, 나의 전문성을 어떻게 더 살릴 것인지 깊게 고민해보게 되었다.

한 분야에서 26년간 일을 하고 있다는 게 돌이켜보면 늘 놀랍다. 10년쯤 됐을 때는 너무 힘들어서 다 그만두고 싶었다. 그런데 그때 다른 작가를 잠시 거들어주느라 한 일을 계기로 경제 프로그램과 첫 인연을 맺게 되었다. 그때부터 지금까지 쭉 경제 분야 간판 프로그램들을 줄줄이 꿰차고 달려왔다. 내가 생각하지 않았던 분야로 일이 풀렸다.

하지만 여기서 안주하지 않고 더 큰 꿈을 꾸어야만 한다. 다양한 미디어 환경을 적극적으로 활용하고, 남을 빛내주는 데만 그칠 게 아니라 나 스스로 빛나는 일을 해야 한다는 것.

일에 있어서 기존의 방식과 매너리즘을 경계해야 한다. 모든 게 급변하고 있지만, 방송 제작 환경도 어떤 주제를 다루는 방식도 세상 변화를 따라가지 못하고 있다. 결코 변화를 두려워해서는 안 된다는 나 스스로의 채찍질. 안주하고 싶어도 절대 머물러선 안된다. 늘 내 몸을 귀찮게 하고 일을 만들어야 성장한다.

일하는 동안 평생 잃지 말아야 할 것은 꾸준함과 성실함의 힘이다. 이 분야에서 책이 나오면 가장 빨리 많이 읽고, 가장 많은 사람을 만나고, 가장 바쁘게 움직이고, 실제 비즈니스 현장에도 적용할 수 있는 발 빠른 순

발력. 이 모든 일들이 지속적으로 유기적으로 잘 연결되어야 한다.

그래서 앞으로 나를 찾는 사람들이 더 많아지고, 내 이름 석 자가 더 자주 불리는 삶. 그것이 커리어우먼으로 불리며 평생 내가 걸어갈 길이다.

유명한 유튜브 스타이기도 한 안무가 리아킴이 어느 인터뷰에서, "자기만의 막춤을 추세요. 세상에 박치는 없어요. 자기만의 리듬이 있을 뿐이죠."라고 했다. 자신의 삶을 활기차고 즐겁게 잘 살아가는 사람들이 어느 영역에서나 빛을 발한다. 남의 리듬에 맞춰 살면 스텝부터 꼬이고 그 사람만의 큰 매력을 잃는다.

나도 자꾸 흔들린다. 세상엔 나보다 잘난 사람이 너무 많아서…. 하지만 내 개성조차 없으면 승부 볼 방법이 없는 것 같아서 뻔뻔해도 이대로 살아야겠다는 생각이 든다. 동안 소리를 꽤 듣긴 하지만 나이가 들면서 어쩔 수 없이 탄력이 떨어진다. 외꺼풀이다 보니 눈매가 처져 우울해 보이는 것만 같았다. 그래서 쌍꺼풀 수술을 할까 하는 유혹을 잠깐씩 느끼다가도 내 개성 있는 얼굴을 잃게 될 것을 생각하면 단념이 됐다.

다들 줄을 서서 사고, 매고 싶어하는 명품 가방이나 각종 유행도 멀리하는 편이다. 너무 쉽게 똑같은 욕망을 갖는 것이 자존심 상한다. 나는 나를 명품으로 만들고 싶다. 내 몸이 명품이 되어, 만 원짜리 티셔츠 한 장을 입어도 명품처럼 비춰지고 싶다. 나도 내가 좋아하는 브랜드나 구체적인 스타일이 있지만, 그저 명품이고 유행이라서 좋아하는 것은 아니다. 내가 평소 메고 다니는 30만 원대의 가방은 골프 브랜드에서 구입했다. 나는 그 가방에 별도로 구입한 가방끈을 교체해서 매고 다닌다. 그런데 그 가방을 어디서 샀느냐며, 길을 지날 때나 카페에 있을 때나 정말 많은 사람들이 물어보곤 한다. 가방에 개성 있는 가방끈을 교체해서 사용한 것이 신의 한 수다. 나는 좀 더 개성 있게 나만의 명품을 만들고, 내가 명품이 되어 그것을 사용하는 것에 더 만족한다.

일에 있어서도 그렇다. 일을 해보면 실력 차이보다 개인의 태도와 매력, 눈치, 감각 등 많은 것이 내 이미지를 좌우한다. 나보다 일을 더 잘할 사람은 얼마든지 있을 수 있다. 나보다 실력 있고 젊고 유능한 사람도 계속 등장할 것이다. 그 속에서 나는 나대로의 노련한 모습과 여유로움을 갖고 내 할 일을 해나갈 것이다. 내 브랜드는 자연스럽게 쌓아가는 그런 모습들이 될 가능성이 높다.

신호등이 없는 길

치앙마이를 여행할 때였다.
교통량은 어마어마한데
건널목과 신호등은 거의 없어
적응하기 힘들었다.
보행자가 길을 건너려면
양쪽으로 모든 차들이 어느 정도 잦아들 때까지
한참을 기다리거나
차 사이를 비집고 건너야 했다.
서울에선 상상도 못할 일이지만,
그곳은 그 나름대로의 질서 속에
별 문제없이 살아가는 듯 보였다.

여행자인 나는
아슬아슬하게 길을 건너다니면서 생각했다.

멈추어야 할 순간,
위험을 감내하고 나가야 할 순간….
살면서 얼마나 많은 순간 그 선택에 부딪히던가.
일에서도 어떤 관계에서도 사랑에 있어서도
삶은 끊임없이 고-스톱이다.
때를 알려주는 신호등은 없다.

치앙마이 한복판에서 지금 건널까 말까 하며,
수없이 고-스톱을 고민했던 순간들을
떠올리게 될 줄은 미처 몰랐다.
지금도 그렇지만,
그때 멈추지 못해서 사고가 났던 거야….
그때 건너지 못해서 미련이 남는 거야….
늘 어려운 그 선택의 기로
때론 신호등 같은 존재가 필요하다고 생각이 들지만
신호등이 없으니 내가 가고자 하면
가야 할 때가 맞고 그 길이 맞을 것이다.
오늘도 한 발 한 발 나의 길을 걷는다.

진정한 프로들의 세계, 힘 빼기

"힘 빼기를 잘하는 게 진짜 실력이야."

운동을 하면서 깨달은 게 있다. 모든 운동의 기본이 '힘 빼기'라는 것을…. 운동은 힘을 쓰는 것이라고만 생각했는데, 내 생각과 반대로 힘 빼기를 잘하는 게 중요하다는 것을 뒤늦게 터득했다.

골프 연습장에서 200~300번 기계적으로 스윙을 반복하는 동안 완벽하게 맘에 드는 순간은 몇 번 되지 않는다. 그런데 맘에 드는 샷은 역시 온몸에 힘을 빼고 손목의 스냅만으로 공이 잘 맞았다 싶은 바로 그 순간이다.

모처럼 라운딩을 나가면 마음이 들떠서 내심 장타 욕심을 부린다. 그러면 영락없이 미스샷이 나온다. 잘 치고 싶은 마음이야 당연하지만, 조바심이 앞서는 순간 나도 모르게 몸에 힘이 들어간 것이다.

필라테스를 할 때도 그렇다. 몸에 힘을 제대로 빼지 않고 무리하게 동작을 따라가면 다음 날 여기저기 통증이 오고 운동을 잘못했다는 생각이 든다. 자세를 잡아주는 강사가 힘을 빼야 내일 안 아프다고 귀따갑게 말하는데, 힘 빼기조차 이렇게 힘드니 정말 세상에는 쉬운 일이 없다.

따지고 보면 힘 빼기는 모든 일상생활에서 중요하다. 주사를 맞을 때 누구나 힘 빼라는 얘기를 듣는다. 몸에 힘이 빠진 상태로 주사를 맞으면 고통을 훨씬 줄일 수 있기 때문이다.

"쉽게 쓰는 게 진짜 실력이야."

방송 원고를 잘 쓰는 것 역시 핵심은 힘 빼기다. 구어체로 쉽고 간결하게 써야 하는데, 글은 쉽게 쓰는 게 더 어렵다는 말이 그래서 나온다. 쓰다 보면 자꾸 힘이 들어가 온갖 수식어와 미사여구를 찾게 되고 전달력은 떨어진다. 다 불필요한 말 잔치일 뿐. 힘 빼고 쉽게 쓰는 사람이 진짜 프로다.

내가 끝내 실패한 것 중 하나가 수영인데, 정확히 말하면 힘 빼기의 실패였다. 힘을 빼야 물에 뜨는데, 물의 공포가 너무 커서 자꾸 힘이 들어가는 것이다.

생각해보면 늘 힘이 들어간 긴장 상태 속에 살아가

는 데 익숙하다.

"더 열심히 해야지."

"더 잘해야지."

이를 악물고 애쓰면서 사는 강박증이 있다. 그만큼 치열하고 열정적으로 살아간다는 뜻이기도 하지만, 때론 '왜 그렇게 힘들게 살아야 할까? 인생에 어떤 정답이 있는 것도 아닌데….'라는 의문이 든다.

'긴장 풀고 좀 편안하게 사는 방법을 몸에 익힐 수는 없는 걸까?'

'긴장 풀고 편안한 좋은 관계가 될 순 없는 걸까?'

힘 주며 사는 일엔 익숙하지만, 힘 빼고 사는 일이 아직 어렵게 느껴지는 건 아직 모든 게 아마추어 같기 때문인 것 같다. 진짜 가왕은 목에 핏대 올리며 노래 부르는 사람이 아니라, 힘을 쭉 빼고 편안하게 저 복부 아래에서부터 소리를 끌어올리는 사람이다.

이제 나는 힘을 빼고 사는 연습을 하려고 한다. 글도 운동도 일상생활도 모두 힘을 빼고 편안하게 즐기면 진정한 프로의 경지에 올라설 것 같은 믿음이 든다. 모든 경험에서 느꼈다. 힘을 뺐을 때 결과가 훨씬 좋았다는 것을….

일상을 특별하게 사는 법

오늘이 어제 같고, 어제가 그제 같은, 단조로운 날들의 연속이다. 마치 데자뷔를 보는 것 같은 착각이 들 때가 있곤 하다. 나도 과거에 그런 시간들이 많았다.

영화 〈패터슨〉에서 패터슨시에 사는 패터슨의 일상도 그렇다. 그는 버스 운전사다. 아침 6시쯤 일어나 출근하고, 일하고, 개와 산책하고, 맥주를 마시고, 이웃들과 일상적인 얘길 나누고….

사건이라고 해봐야 버스가 고장 나는 정도? 개가 노트를 물어 뜯는 정도?

그런데 패터슨에겐 특별한 점이 있다. 그는 시를 쓴다. 언제 어디서나 시상이 떠오르면 시를 쓰고, 일상의 모든 것이 시가 된다. 평범하고 단조롭기만 한 일상은 시를 통해 특별해진다.

그의 아내도 무료할 법한 일상을 특별하게 바꿔놓

는다. 사람은 나이가 들수록 뭔가 배워야 한다며 컵케이크를 만들고, 그것을 들고 나가서 판매하고, 기타를 배우고, 늘 변화를 추구한다.

부부의 일상적인 풍경과 대화도 참 좋은 영화다. 아내는 남편에게 시를 낭송해달라고 하고, 남편은 익숙한 듯 시를 들려준다. 오글거림이 전혀 없이 다정하고 애정 넘치는 일상. 참 평온하고 아름다워 보인다.

이 영화를 보다 보면 특별할 것 없는 우리의 일상, 평범했던 오늘이 아주 특별한 하루였음을 깨닫게 된다. 어느 날 로또가 당첨돼서 삶이 바뀌길 기대하지만, 그런 일이 생길 가능성은 다시 태어나길 기대해야 할 정도로 희박하다. 그래서 평범한 하루를 특별함으로 바꿔 놓는 패터슨 부부를 보면 어떻게 사는 게 특별한 삶이 될 수 있는지 느끼는 바가 많아진다.

살아서 맞이하는 매일매일은 결코 같은 날이 아니다. 태양도 달도 별도 다른 자리에 놓여 있다. 분명 다른데 똑같은 모습으로 살아가고, 지겹고 따분하게 느끼는 건 나 자신뿐일지도 모른다. 그렇게 느끼기에 하루하루 늙어가고 소멸되는 인생이 너무 아쉽고, 너무 소중한데 말이다.

혼자 되어 인생을 돌아보니 그동안 흘러간 시간을

되돌리고 싶을 만큼 아쉬움이 가득하다. 청춘은 시들고, 중년의 시간은 청춘보다 더 짧아 보인다. 그래서 할 수만 있다면 중년의 삶은 두 배 세 배 더 잘 살고 싶은 마음으로 꽉 차있다. 누군가를 위해, 좋은 때가 올 때까지 나의 욕구를 자제할 필요도 더는 없어졌다. 한 번뿐인 인생, 이제는 내 경제력만 허락된다면 무엇이든 다 해보고 싶다. 난 아직 배우고 싶은 것도 관심사도 많다.

주변에서는 모든 일에 시큰둥해지고 흥미를 잃어간다며 갱년기를 호소하기도 하는데, 나는 쉬는 날 온종일 혼자서 몇 날 며칠을 있어도 재밌게 잘 보낸다. 남들 보기에 그저 평범한 일상이다. 책을 보고, 영화를 보고, 음악을 듣고, 요리를 하고, 그러다 드라이브를 하기도 하고, 차를 마시러 가기도 하고…. 나 또한 매일 반복되는 일인데, 나는 이 시간들이 늘 새롭게 느껴지고 너무 좋다. 그 좋은 감상들을 공유하고 싶은 마음에 SNS 포스팅도 매일 쏟아낸다. 좋아하는 일을 즐기고 있음을 늘 느낀다.

모든 일에 때가 있다는 말도 조금 다른 의미에서 실감한다. 때라는 건 기존의 통념상 정해진 때가 아니라, 어떤 일이든 내가 하고 싶은 때가 오더라는 것이다. 흔히 공부도 다 때가 있다고 어른들이 귀가 따갑게 했던 말. 그 말은 맞기도 하고 틀리기도 하다. 입시를 위해 해야 하는 공부는 어쩔 수 없이 제한된 때가 있지만, 세상을 살면서 어느 날 어떤 공부가 하고 싶다면 그건 그 때가 그 공부를 할 시기이고, 가장 잘할 수 있는 때인 것이다.

학창 시절에도 어학원에 다녀본 적 없던 내가 4년 전 갑자기 일본어 학원을 다니기 시작했다. 그전까지 나는 단 한 번도 일본어를 배워본 적도, 배워보고 싶다는 생각을 한 적도 없었다. 그런데 어느 날 극장에서 보게 된 일본 감성 영화에 푹 빠져들면서 일본어가 갑자기 다정하게 들리고, 일본 영화와 문화에 뒤늦게 관심이 생겼다.

그런데 매주 3일씩 일본어 학원을 다니면서 흐뭇했던 것은 일본어 실력이 늘어나는 것보다, 공부하는 생활 그 자체였다. 일하다가 바쁘게 시간 맞춰 학원으로 달려가고, 카페 구석에 앉아 예습과 복습을 하고, 전에 없던 새로운 목표를 세우고…. 어학원을 다니지 않았다면 아무 일도 없었을 일상이 열린 것이다. 이제 히라가나, 가타카나를 배우는 내 나이도 많다고 생각했는데, 뜻밖에 60대 수강생들도 있었다. '그분들은 왜 일본어가 필요할까?' 궁금했는데, 어느 날 들어보니 일상의 작은 즐거움이자 습관이었다. 일본어를 잊어버리지 않기 위해 일 년 내내 다니는 분도 있었고, 일본인 며느리와 대화하고 싶어서 공부를 시작한 분도 있었다. 저마다의 이유가 있었지만, 반복되는 날들 속에 어학원을 다니는 일이 일상의 큰 즐거움이자 자아실현과 같은 일이었다.

살다 보면 나조차 몰랐던 나의 새로운 모습을 발견할 때가 있다. 골프나 필라테스 같은 운동 등을 배울 때도 그랬다. 원래 운동을 전혀 싫어하는 줄만 알았다. 과거에는 배울 기회가 있어도 별 관심이 없었다. 운전도 영원히 못 할 줄 알았다. 운동 신경이 둔해서 나는 운동도 운전도 못 하는 사람으로 치부됐다. 그런데 장롱면허를 꺼내서 매일 자동차를 움직이다 보니, 운전이 너무 재미있고 어느새 즐기게 되는 것이다. 운동도 어느 날 갑자기 스스로 배워야겠다는 관심이 생기더니, 잘하고 못하는 건 둘째 치고 배움 자체만으로도 즐거웠다.

요즘은 그렇게 재능을 키우고, 일상의 행복을 찾아가는 사람들이 많다. SNS에는 그런 평범한 날들을 특별함으로 바꾸고, 그런 감상을 공유하려는 사람들로 넘친다. 코로나 19 이후 평범한 일상의 소중함을 깨닫게 되면서 소소한 일에서 행복을 찾는 사람들이 더 많아졌다. 홈트로 몸 만들기에 열을 올리는 사람, 요리에 재미를 붙이고 수준 높은 집밥을 차리는 사람, 반려동물을 키우면서 행복을 느끼는 사람, 도시락을 만들어서 봉사하는 사람….

한 가지 일에서 재미와 성취감을 느낀 사람은 늘 끊

임없이 새로운 변화를 추구하길 원하고, 무료하고 심심할 새 없이 풍요로운 일상을 산다. 패터슨의 아내처럼 나이가 들수록 뭔가 배워야 한다는 생각을 할 줄 알고, 빵 하나를 굽더라도 다르게 시도해보는 노력을 할 줄 안다면 매일 똑같아 보이는 일상은 전혀 똑같지 않다.

"때론 빈 페이지가 가장 많은 가능성을 선사하죠."

매일 맞게 되는 하루는 어제와 같은 날이 아니라 새롭게 채워나갈 빈 페이지다. 무엇이든 가능성이 있으니 무엇이든 해보면 좋지 않을까.

영화 〈비긴 어게인〉에서는 일상의 아름다운 순간 이렇게 말한다.

"이 순간은 진주야." 그 찰나를 놓치지 말고 살아가고 싶다.

첫 혼자 여행의 추억

20년 전 모 여성지에서 바캉스 부록을 만들었을 때다. 7월 여름 휴가를 앞두고, 5월 초쯤 부록 작업이 시작됐다. 당시에도 나는 한 라디오 방송을 하고 있을 때지만, 시간 여유가 많아서 잡지사 몇 곳의 자유 기고가로 활동하고 있었다. 그러다 함께 일하는 기자들의 제의로 처음 바캉스 부록을 만드는 작업에 참여하게 됐다. 기자 3명과 나까지 4명이 투입되어 전국의 바캉스 추천지를 한 스무 곳 정도 소개하는 작업이었다.

교통부터 숙박, 맛집, 편의시설까지 꼼꼼하게 소개해주고, 개인적으로 그곳을 즐기는 방법에 대해 재미있게 알려주는 일. 관광지가 많은 강원도는 마지막에 함께 뭉쳐 투어하기로 하고, 넷이서 전국을 4단위로 분류해 나눴다. 그 중 나는 전남지역을 맡게 됐다.

내가 소개하기로 한 곳은 서해안에서 가장 백사장

이 긴 섬 임자도, 여수 오동도, 광고 덕분에 뜬 보성 녹차밭 등이었다. 지금은 섬과 육지를 잇는 다리가 생겼다고 하는데, 당시 임자도는 서울에서 버스를 3번쯤 갈아타고 신안항까지 도착해 배를 타고 20분 정도 들어갔다. 혼자 하는 첫 여행인 데다 더욱이 섬은 처음이었다. 그곳에 어떤 풍경이 기다리고 있을지 감도 잘 오지 않았다.

설렘 반 두려움 반으로 긴 여정을 거쳐 배를 탔을 때 집에서 아주 멀리 왔다는 것이 실감이 났다. 배를 타고 20분가량 들어가던 뱃길이 지금도 잊혀지지 않는다. 병풍처럼 겹겹이 등장하는 섬들의 모습을 보면서 서해안에 섬이 많다는 것을 실감했다. 날이 흐려서 묵으로 그린 동양화를 보는 듯 참 정적이고 신비로웠다.

마침내 도착한 임자도. 기대를 안고 배에서 내려보니 상상 그 이상으로 아무것도 없었다. 한 사람도 보이지 않고, 한참을 기다렸다 버스를 타고 섬 반대편으로 이동해서 도착한 목적지. 그곳에는 정말 하얀 백사장이 한없이 길게 늘어져 있었다. 우리나라에 이런 긴 백사장 해수욕장이 있다는 게 참 신기했다. 때는 5월이라 해수욕장에는 단 한 사람도 보이지 않았다. 물을 살 가게 하나 보이지 않고, 아주 멀리 동네 사람 한둘이 지나가는 듯 보였다. 해수욕장에 발자국을 남기고 있는 건

오직 나와 물새 몇 마리.

빈 섬에서 큰 바다를 마주하고 홀로 서있으니 이 신비로운 광경 속에 두려움이 엄습했다. 무인도에 갇히면 이런 기분이 들까. 어떤 일이 있어도 세상 밖에서 알 리 없는 고요함과 고립감. 지금 같으면 해변에서 옷을 벗고 혼자 원시의 기분을 즐겨볼 텐데, 나름 당찬 성격이었음에도 불구하고 그땐 서둘러 일을 마치고 섬을 빠져나올 생각밖에 하지 못했다.

지나고 보니 그때가 혼자 하는 첫 여행이었다는 생각에 두고두고 아쉬움이 남았다. 전력질주로 한 번 뛰어보기라도 할 걸…. 크게 소리 좀 질러보고 올 걸…. 비밀스러운 흔적 하나 남겨두고 올 걸…. 정말 일만 하고 섬을 탈출하기엔 그곳이 너무 아름답고 신비로웠다. 살면서 떠오르는 서투른 첫 경험. 그것이 혼자라서 특별했다. 두렵고 설레는 그 감정이 좋았다.

그 두렵고 설레는 일이 또 있을까. 그것을 늘 찾아보려고 한다. 익숙해지는 것보다 첫 경험처럼 서툴고 두려운 일들을 찾게 된다. 내가 또 성장할 수 있는 미지의 세계, 잠재된 그 어떤 세계가 있을까 하는 기대로.

수영장에서

난 여전히 물이 무섭다.
학창 시절 장난치기 좋아하는 친구들이
몇 번 물에 내던져서 죽다 살았던 물 먹은 기억들.
뒤늦게 수영장에 다녀봤지만
좀처럼 실력이 늘지 않아서 역시 물만 먹은 날들.
"수영까지 잘해야 하나?"
갑자기 화가 나서 관두고,
휴양지에 가면 파라솔에 누워 책이나 읽었다.
그것도 좋았다.

그런데 십여 년 전
싱가포르 센토사섬에서 만난 멋진 노부부.
팔도 휘젓지 않고 파동도 물소리도 내지 않은 채
다리만 살짝살짝 흔들면서

배영으로 쭉쭉 전진하는 게 아닌가.
쉽게 수영을 하는 부부의 모습이
그토록 평화로워 보일 수가 없었다.
한참을 그렇게 수영하다가
선베드에 누워 각자 책을 읽다가
도란도란 이야기를 나누다가
또 수영을 하다가….
그 모습을 보면서 저절로 꿈이 생겼다.
노후에는 저런 모습으로
누군가와 평화로운 시간을 함께하면 참 좋겠다고….
서로를 방해하지 않고,
있는 듯 없는 듯 따로 또 같이….

난 여전히 수영을 못하고 여전히 물이 무섭고
영원히 못할지도 모른다.
하지만 여행 갈 때 수영할 곳이 있으면
수영복을 챙겨서 수영장에 간다.
어린이 풀장 같은 수준에서 허우적대면서
혼자 그 나름대로의 시간을 즐긴다.
잘하는 사람은 즐기는 사람을 못 이긴다는 말대로
난 잘하지는 못해도 즐기는 건 잘해보려고 한다.
즐길 줄 아는 사람은 늘 풍요로움 속에 산다.
그러다 보면 그 노부부처럼 나이 들어

평화로운 물놀이를 즐길 수 있지 않을까.
그렇게 어느 날 개헤엄을 치는 와중에
물속에서 눈을 뜨고 있는 나를 발견했다.
나만이 느끼게 된 놀라운 발전이었다.
모든 걸 잘할 수는 없다.
난 그렇게 만능이 되지 못한다.
다만, 못하면 못하는 대로 즐기고 싶다.
누구나 단점과 부족함이 많은 삶에서
조금씩 발전시켜 이뤄나갈
작은 성공들이 숨어 있다.
그것만으로도 의미가 있다.

나에게 더 좋은 사람이 되고 싶어서

2021년 4월 14일 초판 1쇄
2021년 4월 15일 초판 2쇄

지은이 · 장주연
펴낸이 · 박영미
펴낸곳 · 포르체

편 집 · 원지연, 류다경
마케팅 · 문서희, 박준혜

출판신고 · 2020년 7월 20일 제2020-000103호
전화 · 02-6083-0128 | 팩스 · 02-6008-0126
이메일 · porchebook@gmail.com

ISBN 979-11-91393-09-5 03810